ファンタジー化した世界でテイマーやってます！
〜狸が優秀です〜

酒森
Illustration 珀石碧

クー太
ラン
中野 誠

ハク
アキ

森田ミミ
齋藤メイ

ファンタジー化した世界でテイマーやってます！
～狸が優秀です～

酒森
イラスト　珀石碧

新紀元社

CONTENTS

第一章

「ぐ……」

痛む頭を押さえながら、横になっていた体を起こす。視界がはっきりしてくると、目の前には雑木林が広がっていた。

「え………？　あぁ。酔っ払ってどっか迷い込んだか？」

まあ問題は……ないこともないが、それより鞄だ。

とりあえず、抱えていた鞄の中の持ち物をチェックする。

「財布と……携帯、キーケース……あったあった。あー、よかった……」

念のため財布の中も確認し、貴重品は無事だったので一安心である。

えーと、今は……九時過ぎか。

少し落ち着けたので、ここがどこか調べるか。

最近は年に一、二回の頻度になったが、昔から休みの日だと気が抜けるからか飲み過ぎて行き先の違う電車に乗ってしまい、さらには終点付近まで寝て乗り過ごし、降りたあともフラフラとどこかへ行ってしまうことがあるんだよな。

酒を飲んでも人様に迷惑をかけるほど酒癖は悪くないつもりだが、どうしても帰らなきゃ、起きてなきゃって考えがなくなり、放浪して朝どこかで目を覚ますことになる。翌日に予定があるときはそんなことはないんだが……。

しかし、こんな人のいないところで目覚めたのは初めてである。

「あ？　携帯の電波届いていないんだが……。面倒くさいな……」

地図アプリを開いたが、電波マークがなく現在位置がわからない。

昨日の記憶を整理してみるが……ところどころ覚えてない……。というより、肝心などこで降りたかの記憶がない。

最後に確認したときから現金は減ってないし、交通系のＩＣカードにもそんなに額を入れていないから、二千円とか三千円もかかるようなところに来たわけでもないだろうし……。

中野から乗って終点なら普通に考えて高尾か八王子だろう。だが駅周りにこんな場所なんて……。

「んー。電車乗って乗り換えて……何線乗ったかは覚えてないな……。んで駅員さんに起こされたから慌てて改札を出て……そのあと、なんかあった気がするんだけど……」

声に出して記憶を辿るがやはり思い出せず、少し不安になりながら起き上がり、軽く服を叩きつつ付近を見てみる。

道路も見えなければ、歩いてできるだろう草が踏まれた跡もない。

本当どうするかなーと考えつつも、ジッとしていても意味がないので、とりあえず移動することにする。

移動する前に鞄に入っていたコンビニの袋を取り出して中身を鞄に仕舞い、拾った木の棒にビニール袋を結びつける。ある程度歩いて道路に出なきゃ反対側に向かう予定のため、今いる場所にビニール袋付きの木の棒を刺して、スタート地点の目印にしておく。

「さて、とりあえず歩く……のはいいのだが、まだ体が怠いし、酒が残っているからなぁ……少し

「ゆっくり行くか」

　以前にもどこの駅かは覚えていないが、起きたらすぐ近くが林だったりしたことはあった。しかし、こうも前後左右に人の気配も道路もないところまで来てしまったのは初めてだ。人様の敷地じゃなきゃいいのだが……いや国有地でも勝手に入ったら問題か……。

　少し歩いたが、民家どころか車道すら見えないためちょっと不安になり、感覚を頼りに戻っていく。行き先もわからないのにひとりで十分、二十分も元の場所から離れるのは不安だからだ。

「んーまずいな……酔っ払って遭難とか洒落にならんのだが……明日仕事あるし……警察沙汰は勘弁だなぁ」

　上司には気に入られているようだが先輩方にはあまり好かれてないので、何かやらかすと、注意だけではなく嫌味を言われるため、明日に響くようなことになったら嫌だなーとため息をつく。

　目印を見逃さないように戻り、そこからまた反対の方向へ数分。ガサガサと音が聞こえ、音がするほうに目を向けると草陰から一匹の狸のような生き物が現れた。

「おお、狸の……子供?」

　子狸っぽいやつは俺の声に反応して逃げるのではなく、警戒しながらこちらを見て動かない。

「よし、鞄の中に菓子パンが入っていたな。あげてみるか」

　なるべく音を立てないように鞄の中で菓子パンの包装を開けると、パンを千切って取り出す。

「よしよし、何もしないからおいで」

　近所の野良猫に餌をあげる感覚で、一メートル先くらいに千切った菓子パンをそっと投げてみる。

　だが、まだ警戒しているようで一向に動かない子狸っぽいやつを見て、少し後ろに下がる。

菓子パンから三メートルほど離れると、子狸は上目遣いでこちらを見つつ菓子パンに近寄り、咥えたまま少し離れてから食べはじめた。

「おおー。可愛いな……」

菓子パンを食べる子狸を見ながら、そっと鞄に手を突っ込み、さらに菓子パンを千切り、音を立てないように近くに投げる。子狸はこちらが何もしないのがわかったのか、また投げられたパンに少しずつ近づき、今度はその場で食べる。

それを見つつ自分も菓子パンを一口。酒のせいで胃と喉が荒れているためか、菓子パンを食べたら嚥下しにくく、喉が乾いていることに気づいた。

鞄の中にはペットボトルはあるが、肝心の中身がない。

「はあ、自販機ねーかな」

と、呟きながら菓子パンをすべて袋から出し足下に置くと、子狸を驚かさないよう後退りで離れて移動を開始することにする。

「ゆっくり食べろよ～」

そう言い残し、子狸が草に隠れて見えなくなってから、前に向き直り歩きはじめる。

やはりどこか焦っていたらしい。子狸のおかげで落ち着いたのか、鳥の鳴き声や風が草を揺らす音など、先程まで聞こえなかった音が聞こえる。

「ふむ。こんだけ周りが木ばかりだとな……。不安……だけど、それよりも個人の敷地に不法侵入してないか心配だなあ」

まあなんとかなるか、と歩きはじめて数分。

またガサガサ聞こえる。しかも、わりと近くから聞こえてくる気がする。少し怖くなり立ち止まると、ガサガサ音も止まる。なんかいるのか？　警戒して耳を澄ますとすぐ後ろで音がしたので、勢いよく振り向く。

「っ⁉　おぉ……び、びびった……」

すぐ後ろに子狸がおり、こちらを見上げていた。

少し見つめ合ってみる。噛まれるのは嫌だが、今なら撫でられるんじゃないか？　と思ってゆっくりと手を伸ばす。こちらを威嚇するわけでも逃げるわけでもないようなので撫でてみると、気持ちよさそうに頭を手に擦りつけてくるので、つい状況を忘れてその場にしゃがみ撫で続ける。

《狸が仲間になりたそうにしています。テイムしますか？》

ビクッ。

どこからか声が聞こえた。頭に響くような感じだ。

子狸を撫でる手は止めずに周りを見るが、誰もいない。子狸に視線を戻すと、目の前に【Ｙｅｓ　ｏｒ　Ｎｏ】という表示がある。

「はい？　なんだこれ？」

とりあえず目を擦り、もう一度確認。表示が消えない。手で掴もうとするが、何も掴めず何も起きない。

「ふむ。頭がおかしくなったか、世界がファンタジー化したか、異世界に転移したか。……なんてな……」

　鼻で笑いつつもファンタジー系のラノベや文学小説などはわりと読むので、少し期待して【Ｙｅｓ】をタップしてみるが何も起きない。ならばと、試しにＹｅｓと念じてみる。

《狸が仲間になりました。称号【魔物に好かれる者】を獲得。称号【魔物に好かれる者】を獲得したことによりスキル【テイム（特）】を獲得》
《テイムした魔物に名前をつけてください》

　おい。なんだなんだ。なんかごちゃごちゃ聞こえてきたぞ。

　というか、そんな突然言われてもわからんわ！

　いや、つーか狸って。まんまかい。魔物？　って言ったよな？　仮にこの狸が魔物だとして、〝なんとか狸〟みたいに種族名とかねーの？

　なんとなく納得がいかないものの、とりあえず子狸の反応を見てみる。どことなくキラキラした目でこちらを見ているので、名前をつけてみることにする。

「たぬポンとか？　んー。全体的に茶色だからブラウン………いやないな。英語だとラクーンとかそんなんだった気がするし、クー太とかどうだろう」

「ぎゃう！」

「ん？　今のはＯＫてことか？　魔物とかなんか言っていたがちゃんと理解できてんのか？　クー太でいいのか？」

「ぎゃう！」

返事をしているっぽい……のでクー太に決定。普通の狸じゃないの？　狸って言っていたよね？　魔物になったなら名前くらい変えろや。

でもこれ、実はただの幻聴でした、とかだったりして。日本ファンタジー化とか実は異世界でしたとか、特殊な状況でもなけりゃあ、連れて帰れないよな……。狸って拾って飼ってもいいんだっけか？　狸だけど狂犬病？　の注射みたいなのは必要なのだろうか？

というか、狸抱えて電車乗れないよな……。とりあえず異世界でも日本でもいいが、まずは街を目指して警察とかペットショップ……まあどこかに行って飼い方を聞いてみりゃいいか。電波通ればネットで調べてもいいし。

いろいろ考えていたら、突然クー太が喉を鳴らすように威嚇を始めた。

「ク、クー太？」

やっぱり仲間になるだなんだと聞こえたものは幻聴で、俺を威嚇してるのかと思ったが、視線はこちらではなく俺の後ろのほうに向いている。なんだ？　と思いつつクー太の視線を追いかけてみると、ガサガサと音がして、茂みから真っ赤な絵の具を塗りたくったような蛇の頭が見えた。

蛇の頭はクー太の体と同じくらい大きい。

「うおっ！　こっち来るな！」

大きい真っ赤な蛇とか怖いだろう……。

声を荒らげつつクー太の横に下がり様子を見ていると、蛇はチロチロと舌を出しながら近づいてきた。

真っ赤な蛇とか………毒持っててもおかしくないだろう。くそっ。

心の中で悪態をつきつつタイミングを見計らい、一気に近づき蹴り飛ばす。意外と簡単に飛ぶが、その程度で死ぬはずもなく、少し離れたところで蛇は体を持ち上げ威嚇してくる。

跳びかかられてはたまらないので警戒しつつ様子を見ていると、クー太が飛び出して蛇に向かっていく。蛇はクー太に噛みつこうとするが、それをクー太は避け、先程より近づいた場所で蛇を威嚇する。

クー太と蛇が睨み合っている間に、太い枝でもないか周りを探してみたが、細枝しか見当たらない。しかし拳大の石があったので、できる限り音を立てないようにそれを素早く拾い、蛇の意識がクー太に向いているのを確認して蛇に投げつける。

「よしっ！」

石が上手く当たり蛇が怯んだ。そこに間髪容れずクー太が蛇の首に噛みついた。蛇は暴れるがクー太は口を離さず力を込めていく。クー太の口から血があふれて、蛇の尾がクー太の顔を叩く。

「クー太！　離れろ！」

クー太が怪我をするのを恐れて声を上げるが、クー太は噛みつくのをやめない。

やばいやばい。なんかないか？　いや、俺が蛇を踏みつければ……！

急いで二匹に近づき蛇の胴体を掴もうとしたが、上手くいかない。何度かやってなんとか成功したので、地面に蛇を押さえつけると、クー太が離れた首を足で踏む。不快な感覚を覚えるが我慢して踏み続け、どうすればいいか考えはじめたそのとき。

《赤蛇を倒したことにより称号【魔物を屠る者】を獲得。称号【魔物を屠る者】を獲得したことによりスキル【ボーナス（特）】を獲得》
《赤蛇を倒したことにより個体名・中野誠のレベルが上がりました》
《赤蛇を倒したことにより個体名・クー太のレベルが上がりました》

声が聞こえた。蛇が動かなくなったのを確認し、倒したこと、つまりは殺せたことを理解すると地面に膝をついた。

「はぁはぁはぁ。あ、焦った」

緊張の糸が切れ、息が乱れる。

息を整え、少し冷静になる。なんか獲得とか、レベルが上がったとか魔物とか……いろいろと言ってたな。本当に異世界転移でもしたのだろうか。

蛇も狸も魔物ってことは生き物すべてが魔物なのだろうか？　人間も魔物って扱いなのだろうか？　殺したらレベルが上がる……？　殺さないけども。というか魔物だろうが人間や動物だろうが、あんまり殺すって気にはならないけれど……蛇が死んでも少し不快なだけだった。必死だったというのもあるが、こんなものなんだろうか？

手近な草を引き千切ってみるが……何もない。そうだよな。草は草か。植物も魔物扱いなら草をむしるだけでレベルアップできるかも……なんて思ったが、そんな都合のいいことはないよな。

スキルや称号というものがあるならステータスもあるよな？　それならクー太の能力が知りたいな……。

〝ステータス！〟とか言ったらなんか出るんじゃないかと考え、念のため周りをチェック。なんでかって？　それはそんなことを言ってるのを人に見られたら痛い人だと思われるからだ……。

よし。

「ステータス！」

………変化なし。いや、人がいないところでよかった……。

だがアナウンス的なものが聞こえるのに、ステータス確認できないのはなぁ……。もっと強く念じる必要があるとか？

誰が見ているわけでもないいんだからいろいろ試してみるか……。念のため周りをチェック！

「プロフィール！」

………反応ないな。

「能力開示！」

ふむ……。

「クー太の能力表示！」

個体名【クー太】
種族【魔狸（亜成体）】
性別【オス】
状態【　】

Ｌｖ【３】
・基礎スキル：【噛みつきＬｖ２】【体当たりＬｖ２】
・種族スキル：
・特殊スキル：
・称号：

「おお！　なんか出たな！」

これは対象を口にするか、対象のことを強く考えなきゃだめなのか？

それと能力表示って言葉が重要なのか？　試してみるか。

「俺のステータス表示！」

個体名【中野　誠】
種族【普人】
職業【未設定】
性別【男】
状態【酒酔い（中）】
Ｌｖ【２】

・基礎スキル：【拳術Ｌｖ３】【防御術Ｌｖ１】【速読Ｌｖ２】【造形Ｌｖ２】【料理Ｌｖ２】
　【毒耐性（中）Ｌｖ３】【精神耐性（中）Ｌｖ５】
・種族スキル：【無特化】
・特殊スキル：【ステータス鑑定】【ボーナス（特）】【テイム（特）】
・称号：【適応した者】【魔物に好かれる者】【魔物を屠る者】

ふむ。対象を口にすることがポイントで、言葉自体は能力でもステータスでも問題はない、と。

じゃなくて！　いやいやいや。ツッコミどころありすぎだろう。

お？　【ステータス鑑定】なんて持ってるじゃんか。だからステータスが見られるのか？　詳細とかも調べられるのだろうか。

【普人】の詳細出よっ！


【普人】
・魔力に適応した普通の人類。

いや。うん。普通の人類ですが、なにか。

変な性癖を持っていたら種族【変態】とかになるのだろうか……？　というか、魔力に適応した時点で普通の人類と呼べるのだろうか……？

魔力に適応か。魔力って本来ないもの、害のあるもので、それに適応したということだろうか。適応できない場合はレベルアップができない？　もしくは死ぬとか。適応することができたらレベルアップやスキルとかの恩恵が手に入るのは確かだろう。

それと……魔物を殺すことに抵抗を覚えにくくなるとか？　いや、それに関しては元の性格だろうか。ほかの人に会って比較しないとわからないな。

まあ今はいいか。今の時点では、よくわからないことだらけだしな！

あとは職業ねぇ。会社員は職業としては認められていないのだろうか。神殿とかで職業に就いたりとかすんのかね？

あと【酒酔い（中）】とか。わざわざ書かんでよろしい。

基礎スキルは……今までの経験が関係するのだろうか。それにしては少なくないか？　学生時代は野球やってたからスキルに【野球】とか出てもおかしくないし、釣りも結構頻繁にしていたけれど出ていないし……。基準がわからん。

種族スキル【無特化】なんて……ディスられてる感じがするな。

お前は取り柄なんてねーぞ！　って言われてんの？　これ。

それに特殊スキルと称号は……。

あー、いや、詳細が見られるなら片っ端から確かめればいいだけか。でもまた蛇が来たら嫌だし、とりあえず開けた場所に出て、落ち着いてから確認するかな……。

「クー太すまんな。とりあえず移動しようか」

ステータスが出た中空から視線を逸らしクー太のほうを見ると、何やら蹲(うずくま)りゴソゴソしていた。

「⁉　クー太、そんなもの食べちゃだめだ！」

クー太はこちらに背を向けてるのではっきりとはわからないが、蛇に噛みついているように見えた。咄嗟に注意してみるものの、クー太の反応がないので慌てて両脇を掴んで持ち上げる。

「ぎゃう！」

「毒とか平気か⁉　…………今は大丈夫そうだな。なんともないならいいが、そんなの食べるなよ……。毒あったらどうするんだ」

クー太が下りようとして暴れたら危ないので下ろす。するとまたクー太は蛇に近寄り、今度は爪で傷口を引っ掻く。食べないなら、と様子を見ていると、血で赤くなったビー玉っぽいものがコロコロっと転がり出てきた。

クー太はそれに鼻を近づけ匂いを嗅ぎ、パクッと……。

「お、おい⁉」

クー太は俺がなんで驚いているのか、わからないかのように小首を傾げこちらを見ている。なんともなさそうだが、心配だ。毒に冒されていないかこまめに様子を見ておこう。

それにしても先程の玉はなんだったのだろうかと考えるがわからない。蛇の内臓にあんなものがあるのだろうか。

考えて思いつくのはあれだ。ファンタジー＋魔物の定番、魔石的な何かだろうか。

わからないこととツッコミどころばかりだが、クー太に異常がないなら優先するべきは雑木林から出ることだ。どの方向へ行けばいいかわからないうえ、魔物？　魔獣？　みたいなものもいるようだし、暗くなる前に外に出たい。

時間的にはまだ朝だから余裕はあるだろうが、早いに越したことはないだろう。

「クー太。今度こそ移動しよう」

「ぎゃう！」


移動しはじめ三十分ほど歩いただろうか。だが、それほど距離は稼げていない。なぜかというと、また赤蛇が出たのだ。しかも三回。

戦闘自体は問題なく、怪我せず赤蛇を倒した。

二回目の戦闘でクー太と俺自身のレベルがひとつ上がり、クー太がレベル4、俺がレベル3になった。

そして毎回、蛇の体から仮称魔石的なビー玉のような、何かが。本当なんだろうなこれ。

まあとにかく、クー太がそれを取り出してまた食べていたので、二匹目の蛇のビー玉はクー太からひとつ貰ってみた。

『え？　欲しいの？』的な感じで首を傾げるクー太はものすごく可愛かった。

ビー玉についた血を拭ってみると、色は黄色っぽく、胆石……胆嚢(たんのう)結石的な何かなのだろうか？

個人的には魔石であってほしい。

それにしても距離が全然稼げていない。なぜなら、クー太威嚇→赤蛇遭遇→心臓バクバク→戦闘→解体？　そしてクー太に異常がないかチェックと、とにかく時間がかかる。

そして今、三メートル先にはまた、狸がいる。クー太と同じくらいの大きさの狸だ。そして菓子パンはもう、ない。

「クー太の友達か？」

クー太は反応せず、新手の狸も反応せず睨み合っている。いや、見つめ合ってるのか？　狸って目元が黒いから、睨んでるのかただ見てるのかは横からじゃわからん。

「さすがにクー太と同種の生き物を蹴り殺すのも少し抵抗があるな……」

二匹が睨み合って動かないのでどうしようかと悩む。仮称魔石をあげたら、またテイムできるかな？　やってみる？　戦闘になったら嫌だから逃げてもいいんだけど……。

よし迷ったらやってみよう！

「てことで。これ食べるか……？」

できるだけ優しく声をかけ、新手の狸に向けて魔石を軽く投げる。俺たちと狸の間くらいにだ。そして俺は数歩下がって様子見をする。クー太も横について下がった。癒やされるわ……。

新手の狸は俺が魔石を投げた瞬間ビクッとしたが、間近に落ちたわけでもないので逃げはしなかった。そして、少しずつ魔石に近寄り匂いを嗅ぐ。こちらを見る。魔石の匂いを嗅ぐ。こちらを見てクー太と見つめ合う。

…………なんだこれ？　狸ってこんな警戒心ゆるゆるの生き物だったの？　君らそんなんじゃ乱獲されちゃうよ？　なんて思っていたら、新手の狸が魔石に食いついた！　丸呑みしてすぐこちらに視線を向けてくる。

さすがに魔石をあげただけじゃテイムできないか……？　いや、試してみる価値はあるだろう！

しゃがみつつ声をかけてみる。

「怖くないぞ～?」

「ぎゃう」

クー太も一鳴き。んー、反応なしか。無理そうだな。

「クー太移動しよう。襲ってこないなら戦うことはないよ」

「ぎゃう～」

「何もしないから大丈夫だよ」

新手の狸にいちおう声をかけて進路をずらしてから、クー太がついてきているのを確認して進む。

クー太みたいに後ろからついてくるかなー? と少し期待してゆっくり歩いてみる。背後で微かにカサカサ音がするのでそーっと後ろを見る。もちろん足は止めない。すると、やはりついてきていた!

これならテイムできるかも!?

歩みを少しずつ緩め、クー太とともに振り向くと三メートルほど後ろに新手の狸がいた。

様子を見ていると、少しずつ距離を詰めてこちらを見上げる。

《魔狸が仲間になりたそうにしています。テイムしますか?》

お? 今、仲間になりたいって声が聞こえたよな? だが、狸じゃなく魔狸と言わなかったか? なんでだ? クー太のときは狸って言っていた。確実に。だが今は魔狸と。

クー太のステータスでは確かに【魔狸】と表示されていたが……。

もしかしたらテイムするまでは俺が認識してる名前で聞こえるのだろうか……。

たとえば、蛇は赤蛇と聞こえた。ほかにちゃんとした種族名があるが俺はそれを知らず、自分の中でアレは赤蛇だと認識していたから赤蛇と聞こえたのかもしれない。俺が赤蛇じゃなくてレッドスネークだと思っていたら、レッドスネークと聞こえたのかもしれない。

狸も赤蛇もそのまんまの名前かよ、と思ったのだが、聞こえた名前が正式名ではなかったようだ。んでテイムして正式名が表示されて魔狸だと俺が認識したから、このアナウンスも魔狸と言ってる、とかかね。

【Ｙｅｓ　ｏｒ　Ｎｏ】表示が出てるな。

Ｙｅｓと。

《魔狸が仲間になりました。テイムした魔物に名前をつけてください》

名前かぁ……ネーミングセンスないんだよなぁ、俺。

新しい子はオスかな？　メスかな？　メスっぽいな。

メスで狸……タヌ子。却下。ラクーン……クー太だからラー子？　いや微妙ー……。ラン……。

ランならいいんじゃないだろうか？

「ランって名前はどうだ？」

「きゃん！」

「よしよし、否定的ではなさそうだな。これからは一緒に行動するってことでいいか？」

「きゃん！」

「ＯＫってことか？　ならよろしくな」

「きゃん！」

「ステータスだけザッと見てみるか。ランのステータスを表示！」

個体名【ラン】
種族【魔狸（亜成体）】
性別【メス】
状態【　】
Ｌｖ【１】
・基礎スキル：【噛みつきＬｖ１】【体当たりＬｖ１】
・種族スキル：
・特殊スキル：
・称号：

ん？　クー太より初期レベルが低いのか？

あれか？　魔狸はファンタジー的に初期エリアに出てくる最弱魔物なのか、これがデフォルトなのか。まあ種族の詳細もあとで確認だな。

「よし、クー太、ラン、早速だが移動しよう」

歩き出し、チラッと後ろを見てみる。

ランとクー太は縦に並んでついてくる。可愛いのだが、子狸を引き連れて歩くってのもシュールだし、こんなことになるとは思わなかったなぁ……。

「ぎゃう！」

「きゃん！」

ん⁉　二匹が鳴いたと思ったら赤蛇が現れた。赤蛇はなぜか反対のほうに逃げるように方向転換していったが、クー太たちは飛び出し追いかけていった。

「お、おい！　追わんでいい！」

呼びかけるが、二匹はすぐに赤蛇に追いつき、噛みつく。

加勢をしようと思ったら、すぐに声が響いた。

《赤蛇を倒したことにより個体名・中野誠のレベルが上がりました》
《赤蛇を倒したことにより個体名・クー太のレベルが上がりました》
《赤蛇を倒したことにより個体名・ランのレベルが上がりました》

おおっ！　全員上がった。

ランはもともとレベル1だったから一匹倒してレベルが上がったのか。これで俺がレベル4でクー太がレベル5、ランがレベル2か。

でも……ランも亜成体だから幼体ではないってことだ。なら生まれたばかりじゃないだろう。なのに今まで狩りをしてこなかったのか？　それとも亜成体として生まれてくるのか？

レベルが表示されるようになった時点では、誰でもレベル1からスタートってことなのか？

クー太はもとからレベル2で一匹倒してレベル3。レベル3からレベル4になるには二匹を倒した経験値が必要で、レベル4からレベル5も二匹？　そんな簡単にレベルは上がるものなのか？

俺はレベル2になるのに一匹。レベル3になるには二匹、レベル4になるにも二匹必要だったか。経験値配分とかどうなってんのかね。それともクー太に戦闘任せて大したことしてないから、俺は経験値が少なかったりするのか。

わからないことがどんどん増える。人がいそうなところに出る前に、いろいろステータス画面で詳細検索してみたほうがいいか？

「クー太もランもお疲れ様。もう少し進んでみよう。これ以上赤蛇が出てくるようなら戻ろうか」

そのあとも歩き続けてみたのだが、一向に民家どころか道路も見えない。しかし蛇は出てくる。しかも出てきては逃げる。

狸って蛇の天敵だろうけど、初めは襲ってきたよな。レベルが弱かったからか？

また二匹倒して、全員のレベルがひとつ上がって、ランはレベル3になった。

それにしてもエンカウント率上がってないか？　やっぱりどんどん奥に行ってるってことか？

戻って初めに向かったほうへ行くか。それとも目が覚めたところから左右どちらかに行くか……とにかく戻ったほうがよさそうだな。

んー。目が覚めて最初は太陽のほうに向かって歩いたからアッチが東で、その反対に行ったからコッチが西。今は秋口に入ったばかりだから、確か……太陽は南側を通って西に沈むんだっけか。方角は把握しておいたほうがいいだろう。と、思うが、太陽が天辺に来ても木が結構生い茂ってるからよくわからないし……いちいち確認するほどマメでもない。

とりあえずまだ目が覚めてから二時間も経っていないので、歩いて草が潰れたところを指標にして戻ろう。

ガサガサッ。

「また蛇か。蛇多すぎやしないか？」

「ぎゃう！」

「きゃん！」

「あんま無茶しないようにな～」

クー太たちが俺の前に出て威嚇を始めたので、念のため注意をする。

ガサガサッ。

「ッ⁉」

蛇に慣れてきて余裕ぶっこいていたので、出てきたものを見て心臓が止まるかと思った。そんな大きくはない、が中型犬くらいの灰色の狼だった。しかも明らかに戦闘態勢でやばい。

俺は咄嗟に持っている鞄を投げつけ、上手いこと顔面に当たった。

「グルルルル」

やべっ。怒らせただけか⁉　そーっと後ろ向きに下がるが、やっぱり飛びかかってきた！

くそっ！

「ガァッ」

「おおお⁉」

避けることに成功した！　クー太たちは⁉

二匹は左右に分かれ、狼を威嚇していた。怯んではなさそうだ。倒せるか……？　噛まれたら病気になりそうだし、下手したら死ぬよな……これ？

攻撃を避けられた狼はこちらに向かって、唸っている。次、突っ込んできたら躱してカウンター入れてみるか？

「ガァァッ！」

来た！　よく見ろ俺！

サッと躱して右脚で蹴りを入れる。当たった！　だが、軸足を踏ん張れなかったので、たいしてダメージにはなってないだろう。初めて本気の殺意を向けられ、心臓がバクバクしている。飲みすぎたときよりバクバクである！

狼は蹴られて少しバランスを崩したのか、先程より離れた距離でこちらに向き直る。

「ぎゃう！」

「きゃん！」

狼はクー太たちに意識を割いていなかったのか、両脇から襲いかかったクー太たちは見事に首元に噛みついた。狼は振り払おうと暴れる。

「きゃん！」

「ラン！」

ランが振り払われた！　大丈夫か⁉

普通に立ち上がったので大丈夫そうである。

俺もクー太たちを見てるだけでなく、何かしなければ。

とりあえず飛び出し、狼に肉薄する。狼は口を大きく開けてこちらに噛みつこうとしてくるため、殴ろうとしていた腕を引っ込め、鼻っ柱に前蹴りを入れる。

「ギャン！」

狼は倒れ、ランも再び首に噛みついた。俺は狼に駆け寄り、馬乗りになって押さえる。しばらくその状態を続けていると、狼は動かなくなった。

心臓はバクバクだし、狼は好きな動物だからか、すごく気分が悪い。吐くのは我慢するが、本当きっつい。

《灰色狼を倒したことにより個体名・中野誠のレベルが上がりました》
《灰色狼を倒したことにより個体名・クー太のレベルが上がりました》
《灰色狼を倒したことにより個体名・ランのレベルが上がりました》
アナウンスが聞こえてきた。レベルが上がったってことは無事、倒せたんだな。
きっついなあ……。

始めの場所へ戻りたい。これ以上進んでまた狼に遭ったら大変である。

ステータスの確認もせず投げつけた鞄を回収し、クー太たちに声をかけ移動する。

いまだに脈がやばい。ものすごくドクドクしている。

赤蛇にも灰色狼にも遭わず、ビニールを括りつけておいたところに戻ってきた。

その場に座り込むと、二匹が呼吸を乱しながら俺の前に来た。

「あー。すまない。お前たちのペース考えてなかった。大丈夫か？」

「ぎゃう」

「きゃん」

二匹の呼吸はすぐに安定し、そのうちに俺自身も落ち着いてきた。

本当に勘弁してほしい。現代社会で生きててあんな殺気剥き出しの生き物に突然襲われることなんてない。ある人はあるのかもしれないが、少なくともこの二十と少しの人生で俺は出会ったことはない。

体が動いただけでも上出来ではないだろうか。

それにひとりでもあの狼くらいなら、がむしゃらにやれば最終的に倒せるだろうが、怪我もするだろうし、きっついわ。クー太たちがいてくれて本当によかった。

「ありがとうな」

感謝の気持ちを込めて二匹を撫でる。

このまま別ルートへ進もうと思ったが、一度ステータスを確認したほうがいいだろう。

ここなら、何かが出てきても蛇だけだろうし。

というか……今更だが、俺こんなところで一晩中寝てたのか……⁉　襲われなかったの奇跡だろ。

……はあ。

とりあえず俺のステータス表示！

個体名【中野　誠】
種族【普人】
職業【未設定】
性別【男】
状態【酒酔い（小）】
Ｌｖ【６】
・基礎スキル：【拳術Ｌｖ３】【防御術Ｌｖ１】【回避術Ｌｖ１】ｎｅｗ【速読Ｌｖ２】
【造形Ｌｖ２】【料理Ｌｖ２】【毒耐性（中）Ｌｖ３】【精神耐性（中）Ｌｖ６】ＵＰ
・種族スキル：【無特化】
・特殊スキル：【ステータス鑑定】【ボーナス（特）】【テイム（特）】
・称号：【適応した者】【魔物に好かれる者】【魔物を屠る者】

【酒酔い】が（小）になってる。まあ感覚的にもほとんどアルコールは抜けてきているかな。

あとは【回避術】を覚えて、【精神耐性】のレベルが上がったのか。
よし、職業詳細！

【職業】
・変革後の世界での職業。任意で設定可能。以前までの職業でも選択可能。任意設定の場合、適性があり対応するスキルを持っている職業が表示される。

サラリーマンも選べんのかね？　選びたくねーけど。
んじゃ職業選択。

○職業を選んでください。
・フリーター
・平社員
・武闘家
・テイマー
・料理人

平社員限定なのか⁉

……それにしても選択できるのは五つか。職業ごとに対応してるスキルがあって、それを覚えてると職業を選べる感じか？

フリーターと平社員は、ハズレ感があるんだけど、実はほかの職種じゃ覚えられない特別スキルとかあったりするのかね？

まあ……テイマーか武闘家の二択だな。

え？　なんでかって？　現実でそこまで博打は打てん。転職できるのかもわからんし。戦闘職っぽい武闘家か、クー太たちがいるからテイマーって感じだ。

料理人……料理は好きだが惹かれないなあ。

あ、詳細を見られるか？


【フリーター】
・正社員ではない雇用形態で働く者。
・必要スキル：【精神耐性（小）】

【平社員】

・会社において役職のない社員。
・必要スキル：【精神耐性（中）】

【武闘家】
・戦闘特化職。戦闘系スキル獲得率上昇（小）。非戦闘スキル獲得率ＤＯＷＮ（小）。
・必要スキル：【拳術】

【テイマー】
・魔物を使役する職。テイム率上昇。テイム枠四。
・必要スキル：【テイム】

【料理人】
・料理をする職。作成した料理に能力値上昇効果が付くようになる。
・必要スキル：【料理】

えー…………………。なんとも言えん……。

とりあえず、フリーターと平社員の扱い酷くね？　【精神耐性】が必要って。精神的苦痛に耐える必要があるから、これくらいの精神力がないと職に就けませんよ、って言われているみたいだよな。まあ間違ってないか？

必要スキルってことは、スキル欄に同名のスキルがあるとその職業が選べるようになるのか。ほかのスキルに対応した職業はないのだろうか？　それともスキルレベルの問題？

とにかく職業を選ぶ前に、あらためてほかの項目も一通り見てみるか。

あっ、クー太たちに周りを警戒してもらわないと。

「クー太、ラン。少し集中するから周りを警戒しておいてもらえるか？　伝わってる、よな？」

「ぎゃう！」

「きゃん！」

二匹は俺の両脇にそれぞれ移動し、それぞれ左右を見張ることにしたらしい。うんうん。伝わっているようで、何より。

よし。どんどん見ていこうか！


【Lv】
・基礎的な肉体性能を表す。
・レベルの上昇に伴い、腕力・魔力・脚力・防御力・抵抗力・肉体強度・精神強度などが上昇する。
・戦闘時、結果にかかわらず経験値を獲得し上昇する。

【基礎スキル】

・長年やってきた行動や鍛錬がスキルとして現れる。スキルとして持っていると、その行動に補正がかかる。

【種族スキル】

・その種族で得られるスキル。進化した場合も進化前の種族スキルは残る。

【特殊スキル】

・称号と連動しているスキル。特別な行動や特定の魔物を討伐した場合などに獲得する可能性がある。レベルなし。

【称号】

・特別な行動や特定の魔物を討伐した場合などに獲得する可能性がある。その称号に応じたスキルが手に入る場合がある。

いやー。うん。一括で【スキル】でいいんでね？　分かれすぎてて面倒くさいわ。
それにしても二十余年生きてきたわりにスキルの数少なくない？
じゃあ、各スキルをパパッと見てみようかね。

【拳術】
・拳を使った攻撃時に補正あり。武器を必要としない職業の場合、補正上昇。
・Ｌｖ１拳強化／Ｌｖ２チャージ／Ｌｖ３連撃

〔拳強化〕
拳の硬さが増す。
〔チャージ〕
通常よりも体力を消費するが一定時間攻撃したときのダメージ量上昇。
〔連撃〕
手を止めず連続で攻撃を繰り出したとき、回数を追うごとにダメージ量上昇。

【防御術】
・防御が上手くなる。また物理・魔術攻撃への耐性上昇。レベルが上がるほど補正・耐性上昇。
【回避術】
・回避が上手くなる。レベルが上がるほど補正上昇。
【速読】

・文字を読むスピードが上がる。レベルが上がるほど補正上昇。

【造形】
・手先の器用さに補正。物作りが上手くなる。レベルが上がるほど補正上昇。

【料理】
・料理作成時、料理に能力値上昇効果が稀に付く。レベルが上がるほど美味しくなり、能力値上昇効果が付く確率が上がる。職業が料理人の場合、付与される能力値が増加。レベルが上がるほど補正上昇。

【毒耐性（中）】
・体に害があると判断される物に対し免疫力・耐久性が上がる。レベルが上がるほど免疫力・耐久性上昇。

【精神耐性（中）】
・脳が精神に害があると判断する行動や攻撃に対しての抵抗力が上がる。レベルが上がるほど抵抗力上昇。

【無特化】

・特化してないため全タイプのスキルの獲得率、スキルＬｖ上昇率が増加（微）。
【ステータス鑑定】
・自身のステータスとその詳細を見ることができる。使役魔獣、パーティメンバーに対しては拒否されなければ鑑定可能。それ以外の対象に対しては不可能。
【ボーナス（特）】
・称号【魔物を屠る者】によって取得できるスキル。Ｌｖ経験値獲得率上昇・スキルＬｖ上昇率上昇・スキル取得率上昇。
【テイム（特）】
・称号【魔物に好かれる者】によって取得できるスキル。テイム率上昇。
・職業テイマーの場合、使役魔獣の成長速度上昇。使役魔獣の身体能力等の一部能力が使役者に上乗せされる。使役数上限解除。

またしてもツッコミどころがたくさんあるし……。

補正上昇とか増加とかなんだよ。何パーセント上がるかとか何倍上がるかとか数値書けよ、おい。

自力で検証しろってか？

はぁ……。まあ今はなんとなくいろいろ上がるんだなー。と思っておけばいいか。

武闘家がよさそうなんだよな。戦闘系スキル覚えやすくなるみたいだし。

でもテイマーになると【テイム（特）】の効果が増えるんだよな。なんかテイマーになると特典たくさん、って感じだ。

ただ……ゲームみたいに攻撃力とか防御力的なものが数値化されたりしてないからわかりにくいよな。テイマーになると使役魔獣の能力上乗せがあるからテイマー自体は能力値が低いとか？　これも博打といえば博打か。

選ぶとしたら武闘家かテイマーだな。

迷うなー。フリーターと平社員、料理人はなりたいと思わないし、却下だが……。

特殊スキルは、ステータス鑑定以外は恩恵がでかいよな。ゲームでいうユニークスキル的な感じなのか？

んー………あ。称号について見忘れた。

称号の詳細は、っと。


【適応した者】
・変革された世界において適応した人類すべてに与えられた称号。

【魔物に好かれる者】

・変革された世界において魔物と友好を得た者に与えられる。称号を得られるのは人種のみであり、変革後二十四時間以内、全世界で条件を満たした順に三人まで獲得可能。

【魔物を屠る者】
・変革された世界において魔物を倒した者に与えられる。称号を得られるのは人種のみであり、変革後二十四時間以内、全世界で条件を満たした順に三人まで獲得可能。

ん⁉　変革された世界ってなんのことだ？　今の奇妙な状況のことだとしたら【適応した者】はみんなが持ってるのだろうか。

あと、俺が気になるのは【魔物に好かれる者】と【魔物を屠る者】だ。

先程、クー太テイム↓称号ゲット↓赤蛇登場からの討伐↓称号ゲットって感じで、たいして間を置かずに手に入った。てっきり誰でも、テイムしたり討伐したりすれば、この称号が手に入るのだと思っていたが………。

それと、変革後二十四時間というのは、このファンタジー的な世界になって二十四時間以内ということだろうが……変革ってなんだろうな？

動物が魔物になる、もしくは魔物が発生。それとステータスやスキル。これは今俺自身が体験していることだし、なぜかわりとすんなり受け入れられているが……。

そして、三人までというのも気になる。

よくわからないが、仮に深夜零時に世界が変革されたとして、すでに十時間は経っている。つまり、俺がこの称号を得る確率はほぼありえないだろう。世界には七十億人以上いるのだ。変革されたタイミングで魔物を殺した人なんてたくさんいるだろうしな。

ならなぜ俺は獲得できた？　全世界って日本だけを指すとか？

んー……いやこれ以上考えても答えは出ないか。運がよかったってことにしておきますかね。宝くじより倍率やばそうだけど……。

でも、やっぱり気になるな。俺が目が覚める前後……起きたとき、何時だっけ？　確か九時少し過ぎたくらいだったか？　それくらいに変革されたとしたらどうだろう？

九時前後………九時……ね。

UTC＋……グリニッジ標準時か……？

標準時子午線なら東京と約九時間差だった気がする。昔学校で聞き齧った程度だから詳しいことはあまりわからないが。

確かグリニッジ標準時が零時なら、こちらは午前九時前後になると思われる。もしかしたら、そのときに脳内アナウンスがあったかもしれないが……起きる直前なら気がつかないか。

これならレアスキルをゲットできた理由にもなるし納得がいくな。

おお、今日の俺、頭の回転いいな？　惚れ惚れするわ。

まあ間違ってるかもしれないけど、そーゆーことにしておこう。

さて、二十四時間以内三人制限の称号がほかに取れないか、いろいろ試してみるか？

まあでも世界で三人か……一時間くらい経っているからすでに一通り誰かが取っている可能性もあるし、何をすればいいか……。

パッと思いつくようなことはないからいいか。

【魔物に好かれる者】も【魔物を屠る者】も完全に運がよかっただけだしな。運がよければまたなんか手に入るだろう。

とりあえず職業は後回しにして、次にクー太たちのステータスをチェックする。

ふむふむ。ふむ？

クー太はレベル7に、ランはレベル6になっていた。

なんでレベルこんな上がってるの？　確か最後に確認したときはクー太がレベル3で、ランがレベル1。んで、そのあと確認はしなかったけど、蛇を倒してクー太がレベル5、ランがレベル3だったんだっけ？

灰色狼の経験値が多くて、脳内アナウンスは一度だったけど、ランはレベル三つも上がったのか。

種族別や個体別で必要経験値が違うのか、蛇も狼もほとんどクー太任せだったけど、経験値配分は同じなのか……。要検証だな。

あとは……状態のところに【エネルギー過多】ってあるんですが。やばくないの？　爆発とかしないよね？　クー太を見てみるが、苦しんでいる様子はない。

「クー太、体調悪かったりするか？」

「ぎゃう」

首を振ってるから今のところ大丈夫か……？

あ、状態の詳細を調べてなかった。

【状態】
・普段と異なる健康状態の場合、どのような状態か表示される。

ふむ。というかクー太が蛇を食べたとき、これ見てればよかったんじゃね？　阿呆だな俺……。
いや、アルコールの影響で思考が鈍ってたってことにしておこう。そうしよう。
んで、【エネルギー過多】は？

【エネルギー過多】
・エネルギー量が種族進化ができる量に達している状態。エネルギー量が過多状態でレベルが上限になった場合、進化できる。
・長期間エネルギー過多の状態でスキルの使用や戦闘、進化をせずにいると体に負荷がかかり調子を崩すことがある。

んんん？

【エネルギー過多】でレベル上限になると進化できるの？　『進化の準備が整ってますよ』ってだけで害はないのか……？　いや、長期間、何もしないと調子が悪くなるんだな。それくらいなら問題ないか。特にやばい害がないならいいけど……。

それにしてもエネルギーってなんだろうな。

んー。進化にレベルとエネルギーが必要なのはいいとして、そのエネルギーはどうやって溜まるか、だよな。

クー太はエネルギー量的に進化可能で、ランが不可ってことは、魔石っぽいやつが鍵だろうか。あれを摂取することによってエネルギー量が増えて、一定量になると進化するのに必要なエネルギーを得ることができる、と。どうだろうか？

たぶん合っている、気がする。

クー太とランのレベル上限がいくつかわからないけど、レベルを上げつつ魔石っぽい……もう魔石でいいな。あのビー玉は魔石。よし。

んでレベル上げつつ魔石を集めて、それをランに与えてエネルギー過多になるかの検証だな。

ついでに進化までもっていきたい！

あっ。でも早くこの雑木林から出たいんだよな……さっきまで灰色狼のことが衝撃ですぐにでも外に出たいと思っていたのに………いや、やっぱり進化を見てみたい！　進化優先だろう！

「なっ！　クー太！」

「ぎゃう？」

こちらに背を……お尻を向けて周りを警戒していたクー太は、呼ばれたことに反応してこちらを振り向き首を傾げる。

癒やされるわー。

レベル上げの前に、ほかの詳細も見ておこう。

んじゃ【魔狸】と【亜成体】についてかな。

【魔狸】

・狸が魔化した種族。

【亜成体】

・幼体と成体の間。

簡潔な説明ありがとうございます。

魔化ってのは魔物化の略だろうか？　魔物になった、ということならやはり元動物……。見た目はただの狸だけどな。次は【噛みつき】と【体当たり】だな。

【噛みつき】
・口と牙を使った攻撃時のダメージ量上昇。レベルが上がるほどダメージは上昇する。
【体当たり】
・体を使い相手にダメージを与えたときダメージ量上昇。レベルが上がるほどダメージは上昇する。

まあ、そのまんま？　って感じだな。でも灰色狼にランは振り解かれて、クー太は噛みつき続けたってことは、このダメージ量だの補正ってやつは意外と大きいのかもしれない。

鑑定でそこまでの詳細が出ないならおいおい検証していくか、研究者的な職業の奴を見つけて頼むか、だな。調べたり検証したりすることに特化したスキルを持った奴もいるだろうしな。

そういえば灰色狼の魔石を食べればランも進化に必要なエネルギー量が溜まるんじゃないだろうか？　よし。なら灰色狼のところに戻るとするかね。

「クー太、ラン。灰色狼の魔石を取り忘れたから戻ろう」

「ぎゃう！　ぎゃぅぎゃぅ」

ん？　クー太が何か伝えたそうにしているが……ごめん。さすがに、何を言ってるかはわからんよ……。Ｙｅｓ・Ｎｏならなんとなく伝わるけど……。

んー、クー太は戻りたくないんだろうか。怖い目に遭ったしな。

「あそこは危ないから戻りたくないってことか？」

「ぎゃうぎゃう」

「違うっぽい？　んー、テイムのスキルに使役魔獣と意思疎通ができるような力があればいいんだがな」

テイマーの職に就けば意思疎通できたりするかね？　そんなこと詳細にはなかったけど。この際、職業も設定しておくか。

クー太たちにはもう少し待っていてもらわないとな。

「クー太、少し待ってな」

「ぎゃう」

さてと、職業を設定と念じてみる。

○職業を選んでください。

・フリーター
・平社員
・武闘家
・テイマー
・料理人

武闘家も惜しいがテイマーにしよう。

テイマーを選択。

《職業がテイマーになりました》
《職業がテイマーになったことにより基礎スキル【テイムLv1】取得。使役魔獣が二匹いるため職業【テイマー】のレベルが上昇。それに伴い基礎スキルの【テイムLv1】が【テイムLv2】に上昇。職業のレベルが上昇したため個体名【中野誠】のレベルが上がります》

またなんかごちゃごちゃと……。

そういえばクー太たちをテイムできてるのに基礎スキルにテイムがなかったな。基礎スキルって行動や鍛錬によって追加されるって書いてあったのに職業選択しただけでスキル化していいの？

本来テイムしたときに基礎スキルに追加される予定だったけど、特殊スキルの【テイム（特）】の効果でテイムしてたから基礎スキルには出なかった、とか？

あ、それにスキルレベル上昇アナウンスは今までなかったな？【精神耐性】がひとつ上がってたのに何もなかった。なぜだ？　わからんからとりあえずこれも後回しだな。

職業【テイマー】と基礎スキル【テイム】の能力をいちおう確認してみるか？

ついでに【テイム（特）】と比較してみるか。

【テイマー】（職業）
・使役魔獣との意思の疎通が可能になり、魔物に好かれやすくなる。ただし、使役魔獣の賢さと信頼度によって意思疎通できる度合いが変わる。また魔物との遭遇率が上がる。
・使役魔獣の身体能力の一部が使役者に上乗せされる。レベルによって上乗せされる能力が上昇。
・テイム枠四。

【テイム】（基礎スキル）
・テイム率（小）が上昇する。レベルが上がることにより使役できる数がひとつ増加。

【テイム（特）】（特殊スキル）
・称号【魔物に好かれる者】によって取得できるスキル。テイム率上昇。
（職業テイマーの場合）：使役魔獣の成長速度上昇。使役魔獣の身体能力等の一部の能力が使役者に上乗せされる。使役数上限解除。

ぜっんぜん違うじゃねーか！　もう少し名前変えろよ！　テイマー、テイム、テイム（特）って……手抜きにも程があるわ！

細かすぎてわからなくなってくるな……。あとで鑑定し直して、ノートにメモするか？　備忘録作っとかないと確実に忘れそうだ。まあ忘れたら鑑定すりゃいいのかもしれないけども……。

上昇値に小があるものとないものの差も理由もわからないから、とりあえずそういう仕様とだけ思っておこう。

というか【テイム（特）】が破格すぎる気がする。

よく見ると職業【テイマー】が上乗せされるのは〝身体能力〟だけだが、【テイム（特）】のほうは〝身体能力等〟になっている。〝等〟ってなんだ。書き間違えか？　それとも別の能力も手に入るとか？

よし。とりあえずそう思っておけばいいな。それより意思疎通だ！　魔物との遭遇率が上がるのは正直そんな嬉しくはないが、クー太たちと話せる！　かもしれん！

あ、でもこれ意思疎通できなかったら信頼度皆無ってことじゃ……。

いや！　大丈夫！　なはずだ。うん、きっと。

すぅー……はぁー……。すぅー……。よし！

「ク、クー太？」

声、裏返ったわ。めっちゃハズイ。意思疎通ができなかったらショックが……なんて考えてたら……。

『ご主人さまー？　なにー？』

「おお！　クー太！　クー太が何言ってるかわかるぞ!?」

『？　ご主人さま、ボクの言ってることわかるのー？』

『ご主人様、本当？　私の言ってることもわかる？』

「クー太、本当だ。ランの言ってることも伝わってるぞ！」

おおお！　マジで感動！　動物と話せてるよ！　これぞファンタジー。いや、今更か？

口元はぎゃうぎゃう言ってるときと同じ動きだが、耳に届くのは日本語に聞こえる。不思議。

しかもクー太はちょっと舌ったらずな感じで可愛い。ランの話し方と声はなんとなくしっかり者って感じの雰囲気だ。

クー太とラン、二匹ともすごく喜んでいるようだ。俺もめっちゃ嬉しいぞ。

「クー太、とりあえず、さっき何を伝えようとしてたか教えてくれ」

『あのねー灰色狼？　の魔石？　ってあの玉のことだよね？　アレならボクが食べちゃったから戻ってもないよーって言ってたの』

「いつの間に食べたんだ？　俺がすぐ移動してちゃんとついてきてただろ？」

『ご主人様。クー太は少し遅れて来たよ？』

ランが教えてくれる。

『うん。ボクが噛みついてた近くにあの玉の気配がしたから、取り出して食べてからご主人さまのこと追いかけたよー』

「そうだったのか。気づかなくてすまないな……」

頭を掻きながら謝ると二匹揃って『大丈夫ー！』と言ってくれた。いい子たちだ……。

でもそれなら灰色狼のところに戻っても意味ないな。アレ以上奥に行くのはまだ怖いしな……。

このまま、まっすぐ行けば最初に向かった方向。

んで逆は灰色狼のところ。左右どちらかに行ってみるか。後ろに戻っても魔獣が増えるだけで人里に着きそうもないし……。

「クー太、ラン。これからレベル上げをしに行こうと思うんだが、左右どちらがいい？」

『んー。レベル上げるなら狼さんがいたほうに戻ったほうがいいよー』

狼さん、って。クー太可愛いな。

『そうね。クー太の言う通りだわ。こっち側は人が住んでる方向だから強い生き物はあんまりいないし』

「ちょ、ランは人里がどっちにあるかわかるのか⁉」

『もちろん！　匂いでわかるわ。それに、前はここからでも街が見えたけど、気がついたら見えなくなったの。でもちゃんと方向は覚えてるわ』

ここから街が見えた？　気がついたら見えなくなっていた？

どういうことだ？　植物が異常成長したとか？

『ランは気づかなかったのー？　ご主人さまと会うちょっと前くらいに草とか木が一気に伸びてきたんだよー。そのせいでボクのおうちもなくなっちゃった……』

『ご主人様に会う少し前まで調子が悪くて寝てたのよ』

『あ、ボクもなんか調子悪かったかもー？』

『クー太は能天気ね』

話を聞いている感じ、おそらく調子が悪かったのは魔化のせいな気がする。もともと野生の狸だもんな。

ただ草木が突然成長した？　これも魔化なのか？

しかし俺と会う前に草木や体調に異常があったってことは、子午線説が合ってるんじゃないか？

いろいろ考えなきゃいけないことばかりだ。しかももう昼だし、お腹空いたな……。

お腹空いたし、行くべき方角がわかったから早く行きたい。

だが……しかし……っ！　レベルを上げたいっ！

苦渋の決断である。好奇心を満たすか。空腹を満たすか。悩ましい……。

『ご主人さまー。狩りに行くんでしょー？　今なら狼さんになんて負けない気がするよー』

『そうね。なんか昨日の自分とは全然違う気がするわ』

魔化とレベルアップのおかげ、か？

確かに俺も体が軽い、気がする。

二匹とも灰色狼を狩る気満々だな……。ならば俺も好奇心を満たすために行動するか！

「よし、灰色狼と出会ったとこに戻ろう！　ただし、警戒は怠らないでくれよ？　狼に不意打ちされたら大変だからな」

『はーい！』

『わかったわ！』

「よし。行こう」

二匹を引き連れ……ではなく二匹に先導してもらい、灰色狼のもとへ戻る。魔石も取り出したんだからわざわざ倒した灰色狼のところに行く必要はないのだが、いちおうちゃんと見ておきたい。理由としては自分たちが殺したんだから目を背けるのはなんとなくよくないな、と罪悪感が湧いたからだ。

『ご主人さまーもうすぐ着くけど、狼さんの近くに赤い蛇が何匹かいるみたいだよー？　どうする〜？』

クー太が教えてくれたが、狸の嗅覚って鋭いのか？　俺にはまだ狼は見えないんだけども。

「赤蛇が灰色狼を食べているのか？」

『たぶんそうよ』

ランもわかっているらしい。

「自然の摂理だろうしな。ほっとくのがいいのかもしれないが……後味悪いし、レベル上げにもなるからな。赤蛇は倒そう」

『はーい』

『わかったわ』

そう言うとクー太とランは飛び出していった。二匹に任せっきりは嫌だからな。俺も行くか。

小走りでクー太たちのもとへ向かうとクー太がすでに赤蛇を一匹噛み千切って倒し、二匹目に突撃していた。ランも赤蛇を倒したようだ。

《赤蛇を倒したことにより個体名・クー太のレベルが上がりました》

《赤蛇を倒したことにより個体名・ランのレベルが上がりました》

もう上がったのか？　灰色狼の経験値が貯まっていたのかね。いや、レベルの上がる速度を考えると三匹倒して上がるのは不思議じゃないか。

ステータスを確認してみると、クー太はレベル8に、ランはレベル7になっていた。ほかは変わりなし、か。これレベル上限に達したら表示変わるのかね？

「クー太は魔石を取り出してランにあげてやってくれ」

『はーい』

クー太に指示を出し、ランを見ると、ランは自分が倒したやつに噛みついて魔石を取ろうとしている。俺はランを横目に灰色狼のところへ行く。内臓が出ているわけではないが、体中噛み千切られた跡があって結構くるものがある。首周りの傷はクー太とランだろう。胴体は蛇、か。

灰色狼の近くにしゃがみ手を合わせる。自己満足だが、やらないよりマシだ。俺の精神的に。

「よし、赤蛇はもう問題なく倒せそうだし、灰色狼狙いで付近を探索するか」

クー太たちはもう魔石を取り出して、ランが無事食べ終えたようだ。ランのステータスをチェックしてみるが、変化はなかった。

あ、そういえば職業設定してからのステータス見てないな。いちおう俺のステータス確認、っと。

未設定だった職業の欄には『テイマー（使役上限数∞）』とある。【テイム】のレベルもひとつ上がっていた。

おー。そういえばテイム上限がないのか……。灰色狼と赤蛇もテイムしてみようかな。よし、思い立ったら吉日、ってな。

「クー太、ラン。匂いでここら辺の魔物見つけられるか？」

俺がそう聞くと、クー太たちはスンスンと鼻を動かす。

『いる、かなー？　ここは血の匂いが濃くてあんまりわからないー』

『そうね。少し離れないとわからないかも』

「あー。そりゃそうだな。なら移動しよう。それと、次に敵が出てきたら殺さないで弱らせる程度にしてくれ。あと敵意がなさそうなやつは無理に攻撃しなくていいからな」

『はーい』

『わかったわ』

「よし。ならまたクー太たちが先頭で頼む」

移動を始めるとすぐ赤蛇に遭遇。血の匂いに誘われて近づいてきていたのだろう。

「弱らせてみてくれ！」

クー太たちを見て逃げようとした赤蛇にクー太とランが襲いかかる。敵意がなくても赤蛇は敵扱いだ。俺ひとりだったら確実に襲ってくるだろうからな。

なんて考えている間に赤蛇はクー太に首根っこを噛まれ、胴体はランに押さえつけられている。

血はそんな出てないが。

赤蛇の顔あたりに移動し……。あれ？　テイムってどうやるんだ？

とりあえず話しかけてみるか？

「襲いかかってすまんな。俺の仲間にならないか？」

蛇さんそれどころではないようです。クー太たちを振り解こうと必死のようです。

だよね。うん、ごめんよ。

「クー太、噛みつくのやめて押さえられるか？　ランはそのまま！」

『大丈夫だと思うー！』

クー太は歯を緩めたと思ったら間髪容れずに頭に手を振り下ろす。

ドスッという音がし、蛇の頭が地面に叩きつけられ、そのままクー太が体を使って押さえつける。

いやー。ランちゃんもそうだけど、クー太君、膂力(りょりょく)ありすぎじゃない？　自分の体より大きい蛇相手にその短い手の一振りで、ドス！　って。こわいわー……。

赤蛇が動かなく……動けなくなったので視線を合わせ、もう一度言ってみる。

「俺の仲間になれ」

『…………』

《赤蛇が仲間になりたそうにしています。テイムしますか？》

【Ｙｅｓ　ｏｒ　Ｎｏ】

おお。敵わないとわかって屈した感じかな？　仲よくできるかね？

相手が俺の仲間になりたいと思うか、敵わないと思わせられれば、テイム可能になるのかも。基本は弱らせるか捕獲してからじゃないと厳しいかな？

クー太たちみたいに気性の大人しい、出会い頭で攻撃してこない魔物なら食べ物交渉もあり、と。まあ、餌付けでほいほいついてくるのはクー太とランくらいだろう。たぶん。

よし、Ｙｅｓと。

《赤蛇が仲間になりました。テイムした魔物に名前をつけてください》

『主様とお呼びいたします。これからどうぞよろしくお願いします』

赤蛇から声が聞こえた。ずいぶん礼儀正しい蛇だな。

「よろしく。無理やり感は否めないけど蟠り(わだかま)はないか？　それとステータス見ていいかい？」

『はい。テイムされるまではそこまで考えられませんでした。テイムされてから意識がはっきりし、そのことに感謝こそすれ、蟠りなどございません。それと私は主様の従僕になったのです。許可など取らず見てください』

「ふむ？　てか従僕って……。仲間になろうって言ったよな……？　でも主従関係ってのは間違えでもないのか……まあそう堅くならずに仲よくやろう。こっちがクー太、こっちがランだ」

『かしこまりました』

『よろしくねー』

『よろしくね』

テイムされるまでは意識がはっきりしないということは、自我が目覚めていないのかね。テイムされて賢さ的なものが上がるのか、テイムのスキルにそういう効果があるのか……。

とりあえず三匹が自己紹介し合ってお喋りしてるので、俺は赤蛇のステータスチェックと名前を考えよう。

まずは名前かな。蛇。スネーク。スネ男？　いやいや。スネ男はないだろ。サーペントでサーペとか？　この礼儀正しい蛇には合わないし……。赤いからクレナイはどうだ？

聞いてみるか。会話中の赤蛇に声をかける。

「なあ。名前はクレナイなんてどうだ？」

『素敵な名前をくださりありがとうございます。これからはクレナイと名乗らせていただきます』

クレナイはそう言って小さな頭をぺこりと下げる。即答だから不満はないかな？　あっても言わずに即答しそうだけど……。まあいい。

次はクレナイのステータスを確認かな。

個体名【クレナイ】
種族【大赤蛇】
性別【オス】
状態【】
Lｖ【3】
・基礎スキル：【噛みつきLｖ2】
・種族スキル：【脱皮】
・特殊スキル：
・称号：

大赤蛇、ね。魔狸に大赤蛇ね。種族名、雑だなー。

レベルは三か。まあそんなものだろう。スキルは【噛みつき】で、種族スキルが【脱皮】……。

まあ蛇だし脱皮くらいするよね。

大赤蛇も進化するとしたら、これから魔石はランよりクレナイに比率を多くしてあげようかね？

【脱皮】については、っと。


【脱皮】
・脱皮することによって傷が治る。損傷が激しいと治らないこともある。
・脱皮するにはエネルギーを使用し、連続使用できない。

なかなかいいスキルじゃないか？　どれくらいの傷まで治るかはわからないけど、体が千切れたりしなければ大丈夫なのか。

「ステータスも確認できたし、移動しようか。クレナイは傷、大丈夫か？　脱皮できるなら脱皮して治していいからな」

『ご主人さまーそんな強く噛んでないよー？』

『私もそんな爪を立てたりしてないわ』

『はい。大丈夫です。それと脱皮は今はまだできないと思います……』

脱皮ができないのはエネルギーが足りないからかね。やっぱり、クレナイに優先的に魔石をあげようか。

「今まで通りクー太とランは敵の両サイドから突撃で。クレナイはまだレベルが低いから、クー太たちが突撃したあと様子を見て攻撃してみてくれ。まあ、状況次第ではクー太たちと一緒に突撃してもいいぞ」

『はーい』

『わかったわ』

『かしこまりました』

クー太、ラン、クレナイの三匹から返事が来る。

「あ、それとクレナイは同じ大赤蛇を倒しても大丈夫か？　同族は嫌なら参加しなくてもいいぞ」

『いえ、特に問題はありません。同族同士でも殺し合うことはありますので』

抵抗がないならいいかな？　あとは……蛇をもう一匹仲間にしたいな。できればメスを。初めに魔狸のオスとメスを仲間にしたから今後仲間にするやつもできるだけ、雌雄一匹ずつでテイムしてみようかな？　なんかこういうのは揃えてたほうが気持ちがいい。

「次はメスの大赤蛇を仲間にしたいんだが、雌雄の区別はつくか？」

『たぶんー』

『だいたいは匂いでわかると思うわ』

『同族以外でもわかると思います。それといちおう申し上げますが、私の番いの心配はせずとも大丈夫です』

おー……すごい。俺には区別つかんよ……。そのうち判別できるようになるかね？

「番いってわけではないよ。気に入ったら番いになってもいいけど、強制する気なんてないし。ただ同じ種族を二匹ずつ仲間にしておきたいと思っただけだから気にしないでくれ」

『かしこまりました』

コレクション扱いみたいで不快だったかね？　まあ、そんな気はないから安心してくれ。

「んじゃ、メスの蛇を見つけたら殺さないように！　それと灰色狼くらいの大きさがないと俺が戦闘に参加するのは厳しいから、小さい敵は基本的にクー太たちに任せっきりになる。すまないが頼むな」

『だいじょうぶー！』

『それくらいなんてことないわ』

『任せてください』

『あ、魔石はどうすればいいのー？　クレナイに渡すー？』

「魔石か。そうだな。一度俺のところに持ってきてくれるか？　それから分配するよ」

『わかったー』

ナイフでもあれば俺も解体できると思うのだが。なんかいろいろとクー太たちに任せてばっかりだな……。狼とかの大物が来たときくらい頑張ろう……。

『ご主人さまーなんか来るよー？　たぶん狼さんー』

早速、灰色狼か！　よし、テイムするぞ！

「できるだけ殺さないように！　難しければ怪我しないうちに倒してくれ。俺も参戦する」

ガサガサと音が聞こえ灰色狼が……灰色？

いや。真っ白の毛玉が現れた。

第二章

白い犬……狼か。全身真っ白のハスキー犬みたいだ。

えー。しかもふっさふさで飼い犬？　ってくらい毛並みがよろしい気がするのだが、野生だよね？

めっちゃ大きいし。今にも飛びかかってきそうなほどの剣幕だし、大丈夫？　狼かと思ったら飼い犬でしたとかいうパターンじゃない？

そんなことを考えているうちに、クー太たちは両サイドに分かれて駆けていき、クレナイは俺の横で待機している。

白狼はクー太たちには目もくれず俺と睨み合うこと数秒、飛び出したクー太とランを前に出る形で避け、こちらとの距離が近づいたからか、いつでも移動できるよう腰を落とす。

なかなか動かない。視線はこちらに向けられたままだが、全体を警戒しているようだ。

クレナイがどこにいるかわからない。さすがは蛇である。あんな体が大きいのに気配を消すのが上手い。まあクレナイなら上手くやるだろう。俺はランの近くに少しずつ移動し、一気に駆け出す。

「ガァッ！」

白狼も噛みつこうとこちらに突っ込んできたので、鼻っ柱を叩くつもりで左手を振る。が、噛みつかれそうになったので、すぐさま腕を引き戻して白狼と距離を取った。

めっちゃ怖いわ。噛まれたら腕、千切れるんじゃね？

まあテイムしたいし、あちらのほうが速いからどっちみち逃げられないだろうしな。

気合い入れて行きますか。

クー太とランが隙あらば飛びかかろうとして牽制しているため、白狼は俺に追撃をかけるようなことはしてこなかった。もう一度横に回り込むように飛び出し、今度は手を出さず噛みつきを避け、胴体に蹴りを入れる。

「ギャンッ」

よし！　白狼がバランスを崩した瞬間、クレナイが飛び出して脚に噛みついた。クー太とランにすぐさま体当たりをかまされ倒れた白狼に急いで駆け寄った俺は、全力でその体を押さえつける。

「このっ！　大人しく仲間になれ！」

暴れようとする白狼の胴体に俺が乗り、クー太とランはそれぞれ手足に噛みつき、クレナイが口元に体を巻きつけ拘束している。

ほどなくして白狼がグッタリとしたので、殺してないよな⁉　と焦ったが、アナウンスが入った。

《白狼が仲間になりたそうにしています。テイムしますか？》

【Ｙｅｓ　ｏｒ　Ｎｏ】


よっしゃ！　Ｙｅｓ！

《白狼が仲間になりました。テイムした魔物に名前をつけてください》
《変異体をテイムしたことにより職業【テイマー】のレベルが上がります。職業【テイマー】のレ

ベルが上昇したため基礎スキル【テイム】、個体名【中野誠】のレベルが上がります》
《白狼との戦闘により個体名・中野誠のレベルが上がりました》
《白狼との戦闘により個体名・クー太のレベルが上がりました》
《白狼との戦闘により個体名・ランのレベルが上がりました》
《白狼との戦闘により個体名・クレナイのレベルが上がりました》

おお！　テイム＋全員レベルアップ！　倒さなくてもレベルアップするのか！

『ご主人様……。重たいです……』

白狼に少し苦しそうにそう言われ、クー太たちが離れる。

「ん？　あ、すまんすまん。それと名前はハクでいいか？」

俺もすぐに白狼の背から下りた。

『いえ。負けて配下になったのです。謝罪は不要ですよ。ハク、ですか？　はい、よろしくお願いしますね』

「おう！　よろしく。にしても、ずいぶん綺麗な声だな」

『ふふ。ありがとうございます』

とても柔らかな綺麗な声だ。

クー太たちは手加減できなかったのか、ハクの手足からは血が滲んでいた。

「傷は大丈夫か？　歩けるか？」

ハクは起き上がると、確かめるように少し歩く。

『ええ。多少痛みはありますが、行動に支障はありません』

「ならよかった。これからよろしくな。ステータス確認してもいいか？」

『はい。確認していただいて大丈夫です』

「了解。それとこっちが俺の仲間のクー太、ラン、クレナイだ。よろしくな」

ハクは近づいてくるクー太たちに鼻を近づけ匂いを嗅いでいるようだ。

クー太たちと比べるとハクは大きいな。初めて会った灰色狼よりも断然大きい。

クー太たちが小型犬サイズで、クレナイは長いからなんとも言えないが、クー太を三匹繋げたくらいだな。ハクは大型犬を更に一回りか二回り大きくした感じか。

立ち上がったら俺より大きそうだ。そしてふさふさだ。あとで撫でさせてもらおう。

んじゃ魔物たちが交流している間にステータスチェックだな。

まずは俺のからだ。

レベルは9に、職業レベルは3になった。それと【精神耐性】がレベル7になっている……。このスキル上がりやすいなー。こうポンポン上がると精神弱いって言われてるようで複雑だな。

それとスキルの詳細が変わってないか、いちおうチェック。どれも特に変化はなし。

新しく出た【蹴術】はなんだろう。蹴り技の威力が上がるとかかね。


【蹴術】
・脚を使った攻撃時に補正あり。

・Ｌｖ１脚強化

【拳術】の脚バージョンかな？

この強化って頑丈になるってことなのかね。

次にクー太のを見てみると、ん!?　レベルのところに星マークがついている！　状態のところが【進化可能】に変わっているから、レベル上限に達したってことだと思うが……。いや、その前に【気配察知】を見よう。


【気配察知】
・五感が鋭くなり、気配に敏感になる。

まあそのまんま、と。

んで星は？


【★】

・レベル上限に達した証。

やっぱレベルマックスってことだな！　進化ができる！

よし、ステータスのチェックが終わったら進化だな！

お次はラン。ランもクー太と同じく三つもレベルアップして、【気配察知】も覚えたか。

クレナイは新しくスキルは覚えず、レベルアップのみだな。

それにしても全員レベルが結構上がったな。

ハクが強くて経験値が多かったのか。

そのハクのステータスは……。

個体名【ハク】
種族【森狼（亜種）】
性別【メス】
状態【】
Ｌｖ【8】
・基礎スキル：【噛みつきＬｖ3】
・種族スキル：【群狼】

・特殊スキル：
・称号：【変異体】

ふむふむ。【森狼】って種族の亜種だったのね。森狼って名称だと体色は緑を想像するが、灰色や白ってどうなのよ。緑色の狼もいるのかな？

あとここ雑木林じゃなく森扱いなのかね。どうでもいいか。

レベルは高いな。クレナイが怪我せずに済んでよかった。

スキルはみんな覚えている安定の【噛みつき】。

それと【群狼】。称号は【変異体】か。


【群狼】
・群れの仲間が多いほど能力が上がる。
【変異体】
・色や体格、体的特徴が異なって生まれた個体。その種族とは異なった種族スキルを覚える。

一通りステータスのチェックが終わった。

でもあれだな。このまま仲間が増えていくとレベルアップアナウンスがうるさくないか？

ミュートにできないのかね？

レベルアップの脳内アナウンス中止っ！

念じてみたが反応なし、と。仕方ない。解決策が出るまでは我慢するか。

では！　ステータスチェックも終わったから移動、ではなく。クー太の進化だ！

ただ、進化して俺より大きくなったりしたらちょっと嫌だな。けれどこのままってわけにもいかないし、レベル上限状態で更にエネルギー過多の状態が続いて大丈夫かわからないしな。

よし、どうなってもクー太だからきっと可愛いままだと信じよう！

クー太のステータスを開いて進化っと。

○クー太の進化先を選んでください。
・妖狸
・大狸

おー、ふたつか。【妖狸】って〝ようり〟って読むんかね？　妖怪になるってこと？　【大狸】はデカくなるのかねぇ。それなら【妖狸】だよなー。詳細は出るかな？

【妖狸】
・変化などの術を使える種族。

【大狸】
・魔狸よりも体が大きくなり身体能力が高い種族。

ふむ。【大狸】のサイズがどれくらいかわからないが、【妖狸】に決定かな、こりゃ。

【妖狸】にしよう。あ、でもいちおうクー太に意見を聞いてみるか。

魔物同士での会話も終わったのか、クー太、ラン、クレナイ、ハクの四匹がこちらを窺っていたので、クー太に声をかける。

「クー太。進化できるんだが、希望はあるか？　変化が使える種族と体が大きくなる種族のふたつあるが」

『んー？　じゃあ、ご主人さまの役に立つほー』

クー太がやばい。まだ出会って数時間なのに目に入れても痛くないほど可愛い。

「よし！　なら妖狸にしような」

『はーい』

『ご主人様！　ご主人様！　私は！』

ランが期待したような瞳でこちらを見てくるが……。

「ランはまだ進化できないな。レベルはもうすぐだが魔石をたくさん食べないと、な」

『クー太だけずるいわ……』

『なんかごめんねー』

クー太が少し申し訳なさそうに謝る。耳が倒れて可愛いな。

『いいわよ。私ももうすぐみたいだし』

ランはクー太と同じ種族だからレベル10で進化するだろうが、クレナイとハクはどうなんだろう。

まあそのうちわかるだろうから、魔石集めとレベルアップを頑張ろうか。

でもなー。すでに一晩と午前中この森にいるから蚊に刺されたりしてて、もう一晩野宿は嫌なんだよな……。風呂も入りたいし……。

予定としては夕方までレベル上げをやってこの森を出て、駅周りでお店を探して、着替えと食事を済ます、と。そんな感じかな。今はクー太たちがいるから心細くもないし。

……にしても喉めっちゃ乾いてるな……。川とかあるかね。

じゃなくて、まずは進化だ進化！　【妖狸】を選択！

《進化により個体名・クー太が称号【進化・使役魔獣】を獲得。称号【進化・使役魔獣】を獲得したことによりスキル【制限解除】を獲得》

選択した瞬間、アナウンスが入り、新たな称号とスキルが手に入った。

そしてクー太が光に包まれ……………すぐ光は収まった。

クー太は首を傾げ、きょとんとしている。めっちゃ可愛い。

でも変化がない。サイズも色も変わってないし。ツノが生えたりもしていない。変化があることを期待したといえばしたが、変わらないなら変わらないで問題はない。

……………………あれ？

「クー太」

『なにー？』

呼ばれたクー太は不思議そうに尻尾を揺らす。

「尻尾が、増えたな……」

『増えましたね』

『増えましたな』

『クー太、尻尾が二本になってるわよ！』

俺、ハク、クレナイが呟き、ランがクー太に状況を教える。

『あ、ほんとだー』

クー太は言われて気づいたのか後ろを振り向き、見やすいようにするため、二本の尻尾を立ててふりふりさせる。

「二本に増えて違和感とかなかったのか？」

『違和感？　ないよー？　あ、でも確かに二本動かしてる感覚はあるー』

それ違和感って言わないんかい。
だが可愛いから許す。
クー太は尻尾をふりふりさせて遊び、ハクたちは不思議そうに尻尾を目で追っている。
…………ステータス確認しとくか。

個体名【クー太】
種族【妖狸（亜成体）】
性別【オス】
状態【】
Lv【1】
・基礎スキル：【噛みつきLv4】【体当たりLv2】【気配察知Lv2】
・種族スキル：【変化】new
・特殊スキル：【制限解除】new
・称号：【進化・使役魔獣】new

【変化】
・イメージ次第で自分の体の大きさと比較的近いものに化けられる。

【進化・使役魔獣】
・変革された世界において進化した使役魔獣に与えられる。称号を得られるのは使役魔獣のみであり、得られるのは変革後二十四時間以内。

【制限解除】
・進化の幅が増える。

ほほう。基礎スキルに変化はなしで、レベルは1に戻るのか。

新しいのは【変化】と【進化・使役魔獣】【制限解除】か。

【制限解除】はそのままの意味か。次の進化でまた変わるかもしれないけれど。

称号の【進化・使役魔獣】だが、使役されていない野生の魔物や人間も進化したら似た称号がつくのだろうか。二十四時間以内に俺が進化できるのかはわからないけど、進化を目指してもいいかもな？　俺が進化したら何になるのだろう。今度こそサラリーマン？

まあ進化できるかもわからないけどな。

クー太の場合は、俺の称号のボーナスとは違って、称号を得られる条件に人数制限が書いてないんだよな。推定で二十四時間以内、つまり明日の九時ごろまでに進化すれば称号が獲得できるのではないか。それなら、予定変更で今日も野宿決定だろう。

ボーナス期間は逃せん！

【変化】も気になるな。頭に葉っぱを載せたりしなくてもいいのだろうか。やらせてみるか。

「クー太、変化って使えるか？　使い方とかわかるか？」

『まってねー。んー？』

んーんー言いながら（実際にはぎゃぅぎゃぅと言いながら）小首を傾げてクー太は考えているようだ。

『できそうー』

「よし、やってみてくれ」

『んんんっ』

唸っていたクー太が、進化のときと似たような光に包まれる。

光が消えると……クー太がいた。あれ？　いや、尻尾が一本に戻っている。進化前に戻った？

「どうなったんだ？」

『ランに変身してみたー』

『え。それ私？』

『うん！』

クー太が力強く頷いた。が、わからないです。いや、確かによく見るとクー太とは毛の色の濃さや鼻部分の長さがちょっと違う、気がする。

ランと比べると似てはいる。ただ、クー太とランって大きさも色もほぼ一緒なんだよなぁ……。

もちろん微妙に違うんだが。

「クー太。すまないがもう少しわかりやすいものに変化してもらえないか？」

『えー。上手に変身したのに……』

しょんぼりしたクー太可愛い！　じゃなくて。

「ごめんごめん。その姿が悪いんじゃなくて、ほかにどんなものに変化できるのか知りたいだけだ」

『そーよ。それに私、自分の姿見たことないんだから、それが私って言われてもわからないわよ』

『そっかぁー……』

ランの言うことも確かにそうだな。鏡なんてないしな。

『では道中で出会った私と同じ大赤蛇などはどうでしょう』

『私やほかの灰色の森狼でもいいですよ』

クレナイとハクは自分の種族を薦める。

『クレナイは手足がないからむずかしー。ハクは大きすぎて無理みたいー。灰色の狼さんになってみるねー』

クー太がそう言うと、先程より大きめの光がパッと光って灰色の森狼が現れた。

おお。すごい。二回りほど大きくても変化できるのか。

『どおー?』

「すごいぞ！」

褒めて褒めてというかのようにこちらを見上げるので褒めてやる。

『でも匂いはクー太だわ』

『そうですね。匂いは変わらないようです』

俺には匂いはわからないが、ランとハクの嗅覚をもってすれば、見た目が変わっても判別がつくらしい。

まあ姿だけでも充分すごい。人間にも化けられるのだろうか？

「人間には変化できるか？」

『んー。ご主人さま以外の人間はそんなよく見たことないからむりー』

「そうか。なら俺には変化できるか？　大きさ的に難しいかもしれないがどうだ？」

『できそう……かもー？』

自信がなさそうにそう言うと、クー太が光り、そしてサイズだけ小さい俺が……。

「うわぁ。クー太、変化解除してくれ」

『うん？　わかったー』

すぐさま解除するように言う。俺がベビーフェイスならまだしも、今の俺の顔のまま身長が五十センチくらいってどうよ。すまん、クー太。それは気持ち悪い……。

「クー太ありがとうな」

なんにしても俺の言う通りにしてくれたので礼を言う。

ほかにもいろいろと試してもらいたいな。どんなものに変化できるのだろうか。木とか岩とかにも化けられるのか？　それとクー太のままでサイズだけ小さくしたりとか。大きさ次第では家に連れて帰ることもできる。ここから出るとき、四匹は森に待機してもらうつもりだったからな。

『ちょっと疲れたー』

「変化していられる時間に制限があるのか？　それとも回数か……？」

『変身したら疲れないから、ずっとそのままでいられると思うー』

なら変化する度にエネルギーかMP的なものを使うから、維持はできるが何度も変化し直すのは難しいってことか。この能力は面白いな。

「じゃあ最後に体の大きさをできる限り小さくしてみてくれるか？」

『はーい』

パッと光ってそこにいたのは、体長三、四十センチのクー太ではなく、尻尾を含めても十五センチくらい？　普段は尻尾含めて四、五十センチだからかなり小さく……。

なんというかティッシュ箱くらいというか、子猫か子犬くらいか。

俺のビジネス鞄に詰めれば四匹くらい入りそうと言えばいいのか……。

とりあえず小さい！　お持ち帰り決定です。

『これでいいー？』

「問題ないなら当分そのままな」

『はーい』

「やっぱ小さくなった分、スピードとか力とか耐久力とか下がっちゃうのか？」

『変わらないとおもうよー？』

チビクー太が俺の周りを走り回る。うん、速いね。小さくなった分、捕捉されにくくなったんじゃないか？

ただ防御力とか攻撃力的なものはどうなんだろうか。

「クー太、俺に体当たりしてみてくれ」

『だいじょうぶー？』

「ああ、俺もレベルアップで多少能力上がってるだろうし、大丈夫だと思うぞ」

『じゃあいくねー？』

少し離れたところからダッシュしてお腹のあたりに飛び込んできた。レベルアップで俺自身、動体視力とかも上がってるんじゃなかろうか。チビクー太は速いが目で追え…………。

「グハッ⁉」

『『ご主人様⁉』』

『主様⁉』

チビクー太の体当たりに耐えられず後ろに倒れた。

痛みはそんなにない。痛いけども。ただ衝撃が予想以上にすごかった。

『ご主人さまー……？』

「ゲホゲホ。大丈夫だ」

チビクー太が倒れた俺の顔の前で心配そうにしていたので撫でてやる。

「来るのがわかっていたし、後ろに倒れて勢いを殺したからな。痛みはそんなないから心配するな。それより、その大きさで力も速さも変わらないいんだな。すごいぞ」

そう言ってやると心配そうな顔が嬉しそうになり、二本の尻尾が左右に揺れる。

それにしてもサイズや姿形が変わっても、身体能力に変化はなさそうだ。木とかに変化したら、クー太の柔らかさの木ができるのだろうか。そのうち試してもらおう。

「ラン、クレナイ、ハクもそう心配しなくて大丈夫だ。怪我はしてないよ」

『よかったわ』

『主様、お気をつけください』

『本当、心配させないでください』

「すまんすまん。よし、いろいろ試したし今のとこはこんなもんだろう。あとは……クー太。その大きさなら俺の肩とか乗ってみるか？」

『いいのー⁉　乗るー！』

「安定するようなら移動するときは肩に乗っててていいぞ」

珍しく勢いのある返事にほのぼのしつつ、チビクー太を右肩に持っていってやる。チビクー太はもぞもぞと体の位置を調整し、自分の体を安定させるのに成功したようだ。

爪が引っかかって少し痛いが、これくらいなら問題ない。肩幅があってよかった。

「落ちないようにな」

『落ちてもこれくらいならへいきー』

「そうか？　まあ猫とかもこれくらいの高さなら全然平気だしな」

『ずるーい！　私も乗りたい！』

ランも肩に乗りたいと、立ち上がり俺の足を軽く引っ掻いてくるが……。

「さすがにランのサイズだと難しいんじゃないか？　バランスを取るのが」

『なら進化したら左肩は私ね！』

そんな乗りたいのか……？　まあいいんだが、肩と首の負担が大変なことになりそうだな。まあチビクー太は全然重くないんだが。

『ふむ。私も乗ってみたいですが、どちらかというと巻きつく形になりますし、難しいですね』

『私は乗るより乗ってもらうくらい大きくなるほうがいいですね』

クー太の変化を興味深く静かに見ていた二匹だが、主張があったようだ。クレナイは巻きつく派、ハクは乗せたい派、ね。

別に密着しなくていいと思うが。まあ、ハクがもっと大きくなって乗せてもらえるなら、遠慮せず乗るけどな。

「ああ。お前たちに言ってなかったけど、とりあえず今日と、野宿して明日の九時ごろまでは魔石集めとレベル上げをする。んで、明日の昼間、俺は一度家に帰るつもりだが、小さくなれるクー太と、進化して小さくなれそうなランは連れていけると思う。でもハクとクレナイは連れて帰るのが難しいから、この森で待機しててほしい」

『『『『!?』』』』

そんな四匹とも驚いた顔しなくても……。

「本当はこのあとテイムしたやつも含めてみんなで隠れるか、固まってレベル上げしておいてもらおうと思ったんだが、小さくなったクー太は鞄に入ってもらえば連れて帰れるし……」

『私もご一緒したかったです』

『私もです……』

クレナイとハクが落ち込んでいる。撫で撫で。ごめんよー。

『ご主人様！　早くレベル上げ行きましょう！』

ランは小さくならないと連れて帰ってもらえないとわかって、レベル上げをしたいようだ。

レベル上げしたいのは山々だが……。

ハクと出会ってから結構時間が経っている。もう昼時である。空腹のほうはなんとかなるのだが、喉の渇きはどうにもならない。

「クレナイ、ハク。別にずっと戻ってこないわけじゃないんだ。すまないが少し我慢してくれないか？　それとラン。レベル上げはいいんだが、喉が渇いて仕方ない。川とかあるか？　できるだけ綺麗な水があるところがいいんだが」

『んー。川かー。結構離れてるよー？』

『そうね。近くでは知らないわ』

クー太もランもどこに水場があるかは把握しているようだ。

『ご主人様。それなら少し離れますが、私が来た道を行けば大きい川がありましたよ』

ハクが通ってきた道にあるならハクに案内してもらうか。

「ハク、道案内を頼む。ハクが来た道というと森狼や大赤蛇がたくさんいるほうか？」

『そうですね……。その二種もいますが、黒っぽい蛇や猪にリス、猿などたくさんいますよ？　あと結構、坂道が増えます』

ん？　坂道ってことは、ここは山なのかね？　それと今更だが、狼って東京にはいないよな？　ここが東京ではないのか、東京だけど不思議な力で発生した場所なのか。こんな状況だし何があっても不思議ではないが。

「ここから川に行くのと一回街に行って戻ってくるのだと、どっちが時間がかからない？　今日はレベル上げ優先したいんだよな」

『それでしたら川のほうが近いと思いますよ。人の街に下りたことはないですが、ここからでは全然人の匂いがしませんから』

「ならハクの言う川に行ってレベル上げかな。んじゃ先導よろしく。経験値配分がよくわからないから、魔物はできるだけ全員で攻撃するようにしてくれ。それと手に入れた魔石はいったん俺に渡してくれ。あとで分配する」

『『はい』』

『わかったわ』

『はーい』

よし。目指すは全員進化だな！

とりあえずハクに詳しく聞いてみると、水が綺麗な川なのだと言う。綺麗といっても川の水だし、飲むのは危ないかもしれないが、もともと体は丈夫ってのもあるし、状態異常になったらステータスに表示されるだろうからな。

なんとかなるだろう精神である。

歩きはじめてから、大赤蛇と二回ほど遭遇した。先頭にいたハクがまず気づき、襲いかかり一撃で仕留める。そのあとランが魔石を取り出し、食べてから移動。これを二回。

レベル差と種族差かね。大赤蛇がすっかり雑魚扱いである。あ、クレナイは雑魚じゃないよ？クレナイはレベルが上がって身体能力もかなり上がっているしな。

そんなわけで二回大赤蛇を倒したがレベルも上がらず、テイムもしなかった。

一気に増やしても育成できないし、脳内アナウンスがうるさいことになるし、といろいろ考えた結果、テイムしていない種族はとりあえず各一匹ずつテイムすることにしたのだ。

まあ、どんな魔物でもテイムできるのかどうかはわからないが。テイムに失敗したら、テイムの条件とか推測できそうなんだがな。

何かしらの制限がなければ魔王軍できちゃうかもよ？　作らないけど。

『大赤蛇が来ます』

ハクが警告してくれる。

「ありがとう。俺も気配察知とか索敵系スキル覚えられないかなー。とりあえずこの蛇は俺ひとりでやらせてくれ」

『わかりました』

蛇はクー太と俺だけのときに戦闘した以外は、みんなに任せきりだったからな。どれくらい戦えるか試そう。

赤蛇が姿を現すが、こちらに気づくとやっぱり逃げようとする。レベル差とか強さの差がなんとなくわかるのだろう。

逃げられては訓練にならないので追いかける。

やっぱり体軽いんだよなー。しかもこれだけ歩き回ったりいきなり走り出したりしているのに、息切れも特にない。意識すると、レベルアップやテイムの能力上乗せとかで身体能力が上がっているのはなんとなくわかる。

クー太の体当たりには突き飛ばされたが……。

赤蛇に難なく追いつき、顔の部分を掴み木の幹に向かって投げつける。それだけでかなり弱ったようで動きが鈍い。

このまま倒せるだろうが踏み潰したりするのは嫌だしな……。刃物もないし。

「大赤蛇なら問題なく倒せるのがわかったし、トドメはランに任せていいか？」

『はーい』

ランが瀕死の蛇に駆け寄り、首にガブッと。慣れたものだ。

森狼や魔狸とはまだひとりで戦いたくないな。魔狸とはただ単に戦いたくない。

「ランありがとう。ハク。まだ川があるのは先か？」

『もうすぐです』

「なら急ごう。本格的に喉がカラカラだ」

『わかりました』

それから数分、魔物に遭わず川に着いた。

川は浅いが意外と流れが速く、水はそれほど濁ってはいない。もっと上流に行けばもう少し澄んでいる水があるんだろうが、まあいいか。

川の縁はコンクリートで舗装されていて、久々に文明の跡を見た気がした。

相変わらず移動するときは肩に乗っているクー太を下ろし、靴を脱ぎズボンを捲る。川の中ほどまで行き、水を掬って顔にかける。

気持ちいい。季節的にはもう秋に入っているがまだそれなりに暑さは感じるし、昨夜は風呂に入れていないから特に水が気持ちよく感じる。

同じ要領で水を飲み、そのあとは頭を水に浸けて髪についた埃やら油分やらを軽く流し川縁に戻ると、クー太たちも水を飲んでいた。意外だったのはクレナイも舌をチロチロと出して水を飲んでいたことだ。

………あれで飲めているのか？

川縁には上がらず踝が浸かるくらいのところで、クレナイを眺めていると、全員がいっせいに顔を上げ、こちらを見てきたのでびっくりした。

「ど、どうした？」

『あっちに変なのがいるー』

『何かいるわね。見たことないわ』

クー太とランがそう言う。よく見ると全員が俺ではなく、俺の後ろを見ている。

『匂い的にたぶん猿だと思いますよ。ご主人様と会う前に、ここら辺でご主人様くらいかそれより大きい猿を見かけましたし』

俺より大きいってどんな猿だ？　まあ、対岸にいるみたいだし放っておいていいか。猿は……可愛いとも格好いいとも思えないからテイムはいいや。

「襲いかかってくる感じではないんだろう？」

『警戒して様子を窺っているだけではないでしょうか？　敵意は感じられませんし』

「ならいい。少しここで休憩していこうか」

『わかったー』

『わかったわ』

『『はい』』

クー太たちに疲弊した様子はないし、俺もそんな疲れたわけではないが、せっかくの水辺だしな。

「そういえば、みんなテイムされる前は自我とかはっきりあったのか？　テイムされる前とされた後の敵意と好意の差が激しい気がしてな」

『んー。わからないー。ボクは初めからご主人さますきだよー』

クー太はそう言って、短い腕を伸ばしてくるので抱き上げる。

『そうねー。なんとも言えないけどこんなはっきり会話したり、考えたりしたことはなかったと思うわ。私は敵意向けてないしね』

あれ？　ランなら自分も抱っこしろと、言うかと思ったが……。

『私はなんというんでしょう。敵と出会ったら倒さなければって考えしかなかった気がします』

クレナイは意外と物騒な思考だったようだ。

『そうですね。ここまで意識ははっきりしていなかったかと。個体差はありそうですが。私の場合はただ自分より強い群れと会ったから攻撃的になったと言えばいいでしょうか……』

ハクも好戦的だったのね。二匹と比べると、クー太とランは好戦的どころか、危機感ってものがまったくなかったよな。不思議だな。

「あ、でもテイムされる前の記憶はあるんだろう？　どうだったんだ？」

『ボクは小さな赤い蛇が襲ってきたから何回か倒したくらいかなー？』

『私は体調が悪くて寝てて、起きて移動してたらご主人様に会ったわ』

クー太とランが同時に言うが、不思議と聞き取れた。

「ランからは聞いたが、クー太の言う小さい赤い蛇については初耳だ」

『んー、とね。クレナイの小さいやつー！』

クレナイの小さいやつ？

「クレナイには記憶があるか？」

『はい。おぼろげですが……主様と会う前はもっと体が小さかったのです。そして私が覚えている中で古い記憶は、同じ種族たちが争っているものですね。そこで勝ち残った数匹だけが体が大きくなりバラバラに散っていった、といったところです。私はそのあと間もなく主様に会いました』

ん？　ということは、クレナイは一度進化してるのか？　それにクレナイは魔化したあとの記憶しか持ってない……？　それとも世界が変革してから生まれた魔物なのだろうか。

クー太やランは人が住む場所があることも知っていたし、魔化する前の記憶はあるようだしな。

「そうか。覚えていることが少ないのはわかった。ハクはどうだ？」

『私は小さかった覚えはありませんし、色ももともと白かったようです。あとは同種だというのに灰色のやつらに襲われ、撃退しつつ移動していたらご主人様と出会ったという感じです。あ、でも少しは体が成長した気はしますね。気がする程度ですが。よく考えると昔の記憶というものはあまりないですね』

ハクとクレナイは、やはり世界が変革されてから生まれたってことだろうか？　ファンタジー系作品っぽく言うと魔素から生まれた的な感じかね？

本当わからないことばかりだな。

アナウンスさん、解説してください。

「了解。ありがとう。ところで猿はまだいる？」

『いえ、私たちが話している間にどこかに行ったみたいですね』

「そうか。なら俺はもう一度川に入ってくるよ」

クー太たちには待機してもらってもう一度水を浴びる。

はぁー。サッパリ。電波があればネットで情報とか確認できそうなんだけどなー。

まあこの状況も充分楽しませてもらっているし、いいか。

そういえば川魚は魔化したりしていないのだろうか？　肉食の魚の魔物とかいたら嫌だな。

考えたら背筋がゾッとした。無警戒すぎたと反省し、急いでクー太たちのところに戻る。

「じゃあ、もう少し上流に行きながらレベル上げするか。クー太はここから俺と出会ったところに戻れるか？　戻れないならこれ以上先には行かないが」

『大丈夫ー。ちゃんと戻れるよー』

「そうか。なら帰りは頼むな。それじゃあハクはまた先頭を行ってくれ」

『わかりました』

肩に戻ってきたクー太を撫でてやり、移動を始める。川縁ではなく、少し木々の中に入り、川沿いに進んでいく。

それにしてもいまだに小さい赤蛇は見てないな。小さくて見逃している虫の魔物とかもいるのだろうか。

カブトムシとかクワガタならテイムしてもいいかな。芋虫やムカデみたいなのは絶対無理だが。

ハクが言うには、ほかにも猪やリス、黒い蛇がいるらしいし、森ならばムササビやアナグマ、モグラとかもいそうだ。

モグラと猪はテイムするか悩むが、ほかはテイムしたいな。

『ご主人様。おそらく、リスがすぐ近くの木の上にいますが、どうされます？』

先頭を歩いていたハクが立ち止まり、上のほうを見ながら報告してくる。どんな魔物がいるか考えていたから反応が遅れた。

クー太はハクのほうが鼻がいいとのことで、索敵をサボって肩の上でだらんとしている。

「そのリスは魔物か？　試してはないが普通の動物じゃテイムできないだろうし」

『どうでしょう。たぶん、としか』

たぶんか。ハクの鼻ではそこまで判別できないか。魔物と動物で匂いが違うのかもわからないが。

『主様。魔物だと思います。魔石の反応があるので』

どうしようかと思ったら横からクレナイがそう言ってきた。

「クレナイは魔石があるかどうかわかるのか？」

『心臓付近の色が魔石と似た感じですので』

あー、蛇だから熱感知できるってことか。そういえば蛇ってピット器官があるけど視力は弱かったりしなかったか？　魔物だからいいとこ取り？

川に魔物がいたかどうか、クレナイに聞けばわかったのか。

「そうか。ならテイムしたいが、木の上じゃ難しいか」

『なら私が見つからずに近寄って、捕まえるか地面に叩き落としてきます』

叩き落とすって……。

「そうだな。木の上までこっそり行けるのはクレナイしかいないだろうし、頼む。ただ怪我をさせないようにな」

『かしこまりました』

「たぶん、こんだけ普通に話しているからあちらもこっちに気づいているだろうし、失敗しても気にするなよ」

『はい』

リスの生態は詳しくないが、耳はいいだろうしな。

『なら私は落ちてきたところに突撃ね！』

ランが張り切っているが、こっちも怪我をさせないか心配だな。少しでもレベルアップに繋がるならといった考えだろうか？

「怪我はさせるなよ？　それにもうすぐ進化できるだろうから焦らなくても大丈夫だよ」

『だって、クー太だけご主人様の肩に乗ってずるいわ！』

進化が目的というより、進化して肩に乗るのが目的か。

『いいでしょー』

「クー太煽るなよ……」

でも得意げにしているクー太も、少し不貞腐れているランも可愛いな。

それにしても、クレナイって赤いから目立つんだが、意外と隠密が得意だよな。音を立てず移動できるから、暗い色なら隠密としては最高なんだが……。

クレナイはリスがいるらしい木とは別の木に登っている。リスの視界から外れたところから奇襲するようだ。

「んじゃクー太もランもハクも、リスが地面に下りてきても逃げられないよう待機してくれ。俺はリスがどこにいるのか全然わからないからな」

『わかったわ！』

『わかりました』

『んー？　だいじょうぶだとおもうよー？』

クー太のだらけ具合がやばい。

「クー太、頑張れ」

『んーん。そうじゃなくてクレナイならだいじょうぶってことー』

「まあ、それでもいちおうな」

だらけてたわけではなく、クレナイなら大丈夫だからと動く気がなかったようだ。

『本当、大丈夫そうですね』

『ご主人様。クレナイがリス咥えてこっちに来るわよ』

ハクもランも状況をちゃんと把握できているんだな。

それにしてもあっという間だったが、リス弱すぎやしないか？　クレナイもレベルが上がってるから、リスが雑魚ってわけではないのかもしれないが……。

薄茶色の物体を咥えてスルスルーっとクレナイが戻ってきた。

俺が受け取って逃げられては困るので、胴体を咥えられた状態のリスの顔部分に近寄り、触れずにテイムを念じる。

テイムされろと声に出さず、念じるだけでいけるかどうかの実験だ。相手に仲間になる気があればテイムできるから大丈夫だと思うが。

《リスが仲間になりたそうにしています。テイムしますか？》

【Ｙｅｓ　ｏｒ　Ｎｏ】

うーん。あっさり。テイム基準がゆるゆるなのか、リスがテイムされやすいのか悩ましいな。

Ｙｅｓ。

《使役魔獣が五匹になったことにより職業【テイマー】のレベルが上がります。職業【テイマー】のレベルが上昇したため基礎スキル【テイム】、個体名【中野誠】のレベルが上がります》

《リスが仲間になりました。テイムした魔物に名前をつけてください》

お？　レベルも上がった。

「言ってることわかるか？」

『わかるです！　だから食べないでほしいのです！』

必死に答えるリス。……これ仲間になりたかったからテイムされたんじゃなく、心が折れたからテイムされた感じ？

「食べないけど、これから仲間になるってことでいいか？」

『は、はい！　もう是非ともお願いするです！　だから蛇さん離してほしいのです！』

「必死だな、おい。クレナイ離してやっていいぞ」

『はい』

あ、口が塞がってても話せるのね。まあそうだよな。もとから念話みたいな感じだったし。

それにしてもリスとはいえ、今のクー太より小さいな。

「クレナイ、お疲れ様。ありがとうな」

『お役に立ててよかったですっ』

俺にお礼を言われて嬉しいのか、クレナイから力強い言葉が返ってきた。

「さて、名前どうしようか。あ、オスとメスどっちだ?」

『メスなのです！　これからよろしくお願いするです！　それと非常食にしないでほしいのです！　食べても身は少ないと思うのです！』

……このリス、元気いっぱいにネガティブだな、おい。食わんわ。心が折れたとかじゃなく常時こんな感じなのか。

「安心してくれ。食べたりはしないから。んで名前だよな。外国語でリスをなんて言うかわからんしな」

この薄茶色のリスで連想するものは……茶色で茶子とか漢字だと栗って字を書くから……イマイチだな。あとは秋とか。メスならアキでいいか。クー太とランはいいとして、ほかの仲間を漢字にすると紅、白、秋か。自分のネーミングセンスを疑うな。

だがアキで決定です。

「名前はアキな。あとステータス見せてもらうぞ」

『はい！　よくわかりませんがどうぞです！』

なんだろう。この残念な予感……。

個体名【アキ】
種族【魔栗鼠】
性別【メス】
状態【】
Lv【1】
・基礎スキル：【噛みつきLv1】
・種族スキル：
・特殊スキル：
・称号：

えっ。攻撃的な種族じゃないにしても予想以上に弱かった。

レベル上げても強くなるビジョンが見えないのだが……。まあレベルは上げるけど。

「アキはテイムされる前とか昨日のこととか覚えているか？」

『はい！　昨日は木の実を集めていたのです！』

リスってそれが日課じゃないのか……？

「そうか。今朝は体調悪かったりしたか？」

『はい！　このまま死んでしまうのかと思ったのです！』

アキは大げさだな。

「体調が悪かったってことだな。そういえばハクとクレナイは体が怠くなったりとか、体調が悪くなったりしたか？」

『いえ。私はそういうのはありませんでした』

クレナイは平気だった、と。ハクに視線を向ける。

『私もそういうのはありませんでしたね』

「そうか」

魔栗鼠、魔狸、大赤蛇、森狼……。種族に魔がついてる魔物は、もとからこの土地に住んでいて魔化した生き物ってことなのか。クレナイやハクみたいなのはまた違うとか。いや、でもクレナイやハクが進化した個体だったら、その進化前の個体には〝魔〟がつくかもしれないしな。

判断材料も少ないし、結論づけるのはよくないか。

あっ。【魔栗鼠】の詳細を表示。


【魔栗鼠】
・栗鼠が魔化した種族。

まあそうなるわな。やっぱりクレナイたちとは生まれ方が違うのだろう。

さて。

「アキはこれから、ほかのみんなと魔物を倒してレベル上げしてもらうつもりなんだが大丈夫か？」

『はい！　戦うのは得意ではありませんが、精一杯やらせてもらうです！』

「いや、さすがにどうしても嫌ってなら強制はしないぞ？」

『わ、わたし捨てられるのですか⁉』

なぜそうなる。アキは目を見開き、涙目になっている。

「捨てないから安心しろ。まあ戦えるのなら頼む」

『はい！　捨てられないように頑張るのです！　皆さんよろしくお願いしますです！』

だから捨てないってのに。

『クー太だよー。よろしくねー』

『私ラン！　よろしくね！』

『クレナイと申します。よろしくお願いします。先程は痛くありませんでしたか？』

『私はハクといいます。よろしくお願いしますね』

全員が挨拶すると、アキはぺこりと頭を下げる。

『はい！　クレナイさん、痛くなかったですけど、怖かったです！』

『それは諦めてください』

上手くやれそう……か？　クレナイとアキの温度差が……。

クレナイとアキのやり取りをちょっと心配になりながら見ていたら、クー太たちが周りを警戒しはじめた。

『ご主人さまー』

『ご主人様！』

クー太とランが突然声を上げる。何かあったのか？　そう思ったらハクが説明してくれる。

『ご主人様。灰色の森狼が複数近づいてきます』

「何匹だ⁉」

わざわざ報告してくるということは、そんなに多いのか？

『たぶん四匹かなー？』

『そうですね』

四匹か……。

「逃げたほうがいいか？」

『だいじょうぶだよー。今ならボクだけでも狼さんくらい倒せるー』

『大丈夫よ！』

クー太とランは強気だな。クー太は肩から飛び降りると、変化の光に包まれ、普通サイズより二回り大きい、初めて遭遇した灰色の森狼と同じくらいになった。

『私は正面からだと難しいかと……』

クレナイは少し自信なさそう、というより悔しそう？

『灰色くらいに後れを取りません』

ハクは自信ありそうだな。まあ俺にテイムされる前も戦っていたと言っていたし、根拠のある自信だろうが。

『私は囮りですか⁉』

アキのネガティブな勘違い発言は放置だ。

「ならクー太とハクはそれぞれ一匹ずつ。ランとクレナイは二匹で行動してくれ。アキはランたちに付いて頑張って攻撃してみてくれ。俺は残りの一匹をなんとかする」

『わかりました！　食べられないようにするのです！』

『ご主人様、大丈夫なの⁉』

「たぶん、なんとかなる」

『ランー。ご主人さまならだいじょうぶだよー。たぶん一番強いよー？』

そうなのか？　クレナイとハクも同意するように頷いている。アキはアワアワしているが。

ガサガサと音が聞こえてきた。すぐそこまで森狼が来ているのだろう。クー太たちが早めに察知してくれて助かった。

「よし、さっき言った通りの作戦で！」

灰色の森狼は姿が見えるところまで来ると、四匹が同時にこちらに向かって吠える。

「ガァッ！」

四匹でこちらを半包囲するよう間を空けて近づいてきたおかげで、各個撃破しやすい。勝てればだが。

　クー太が飛び出したのを見て、俺も森狼のもとへ向かう。

「!?」

　確かにレベルアップして体が軽くなった感じはしていたが、驚くほどスピードが出た。

　あっという間に森狼との距離が縮まったので、攻撃するタイミングが掴めずそのままの勢いで体当たりする。

「ギャンッ」

　吹き飛んだ森狼を見ると、倒れて起き上がろうともしない。

　まじか。いや、驚く前に援護をしなければ。

　そう思いほかの戦闘を見ると、クー太とハクは狼の首に噛みつき、もう終わりそうだった。

　ランとクレナイとアキの三匹は、クレナイが体に巻きつき、ランが首に噛みついている。アキも胴体に噛みついては離れ、また近づいては噛みついていた。ヒットアンドアウェイといえば聞こえはいいが、ただ弱腰なだけに見える。実際そうだろう。

　まあ戦えるってことでよしとしよう。

　援護する必要もなさそうなので、俺が吹き飛ばした森狼へ向かう。

「うっ……」

　首が変に曲がっている。俺の攻撃力というより当たりどころの問題だったようだ。それにしても、あれだけ盛大に体当たりをかましても俺の体は全然痛くない。すごいな。

『ご主人さまーおわりー』

『終わりました』

『こっちも倒したわよー』

「クー太、クレナイ、ランお疲れ。ハクとアキは大丈夫だったか？」

『はい、問題ありませんでした』

『食べられずに済みましたです！　褒めてくれるです？』

「お疲れ様。怪我もなさそうでよかったよ。アキも頑張ってたな」

順番に全員を撫で、アキのことは念入りに撫でてやる。

『ご主人が優しいのです……』

「よくやったな。お前ももう大切な仲間なんだし、変な心配するな」

『はいです！』

アキを撫でていたらクー太が光り、チビクー太に戻った。チビクー太はちょこちょこ俺に近づくと肩に飛び乗ってきた。

「クー太、肩に乗るのはいいが魔石を取ってきてくれないか？」

『もうとってきたよー。そこー』

クー太が先程までいたところにはちゃんと魔石があった。

「ありがとう。俺が倒したやつもお願いしていいか？」

『それなら私が取ってくるわ。私が優先的に貰ってるからそれくらいするわ』

「ラン、ありがとう」

それにしても……森狼を倒したのに誰ひとりレベルが上がっていないのか？

アキのステータスから確認してみると、レベルは7に、【噛みつき】もレベルが上がっているうえに、【回避】のスキルを覚えていた。

おい。レベル1から7って。上がりすぎじゃない？　そうでもない？　格上の狼を殺したんだから変じゃないのか……。

まあレベルが6上がったところで弱そうだが……。

じゃなくてアナウンス！　なんでアナウンスがなかったんだ。

……………もしかしてアレか？　レベルアップの脳内アナウンス中止！　って願ったから⁉

いやいや。アナウンスさん。『アナウンスを中止します』とかなんとか一言くれませんかね。いや、ありがたいんですけどレスポンスなしじゃわかりません。

いや、まじか。念じるだけでアナウンスを中止できるとか超謎システム。本当に謎だ。

はぁ。アナウンスがないなら小まめにステータスを見ればいいか。忘れそうだが。

んじゃ順に確認していこうかね。

あ、その前に。

「ラン。魔石食べるのは待ってくれ。ステータス確認するから」

『え。私とクレナイが倒したやつのは食べちゃった……。ごめんなさい』

「ああ。ひとつくらいいいさ。ほかのはまだ？」

『うん。今ご主人様が倒したやつのを取ってきたところ』

クー太が魔石を置いていたところを見ると三つあった。

「ハクもありがとう。ちょっと待ってくれな」

『はい。気にされなくて大丈夫ですよ』

そろそろ進化できるかもしれないし、ランから見ていくか。

ランは【気配察知】のレベルが上がって、それとやっぱり進化可能になってたか。先に進化させてやろうかね。

「ラン、すまん。アナウンスがなくて気づかなかったが、レベルが上がってもう進化できるようになってる。進化先は妖狸でいいんだよな？」

『ほんと⁉　うん！』

「了解」

ランの進化を選択。出てきた選択肢はクー太と同じだったので【妖狸】を選択。

クー太のときと同じようにランが光に包まれると、ランの尻尾も二本に増えた。


《進化により個体名・ランが称号【進化・使役魔獣】を獲得。称号【進化・使役魔獣】を獲得したことによりスキル【制限解除】を獲得》

やっぱりランも称号が手に入ったか。何匹までって制限はないようだ。

体を確かめるように、ランは振り向いたり尻尾を振ったりしている。

それにしても進化に関するアナウンスはあるんだな。なくなったのはレベルアップについてだけで、称号やテイムに関するアナウンスは引き続きしてくれるのかね？　そのほうがありがたいが。

『ランいっしょー』

『そうね。追いついたわ。じゃあ早速！』

パッと光に包まれ、チビランが……ん？　クー太より小さくないか？

『小さくなってる！　なってるわよね？　じゃあ左肩お邪魔しまーす！』

「いや、それはいいんだが、元の大きさはクー太とほぼ一緒なのに、今は明らかにクー太より小さくないか？」

『んーとね、イメージの問題だと思うわ。私はクー太より小さくなるようにイメージしたけど、クー太はそのサイズまでしか自分の小さい姿をイメージできなかったんじゃないかしら？』

ふむ。そういうものなのか。本能でやり方がわかるんだろう。ランは早速、俺の肩に飛びついてきて位置を調整している。

『ボクもランと同じくらいになるー』

パッと俺の肩で……眩しいわ！　先程より小さくなったクー太が現れた。

「クー太、眩しいから変化するのは下りてからにしてくれ」

『ごめんなさーい』

「ランもクー太もずっと肩に乗っててもいいけど、邪魔にならないようにしてくれな」

『もちろん』

『がんばるー』

次はクレナイかな。

クレナイはレベルがふたつ上昇して9に、【噛みつき】のスキルレベルがひとつ上昇して4に。それと新スキルが【隠密】か。【隠密】はアキをテイムしたときにでも覚えていたのだろう。体色的に【隠密】を覚えても、隠密に向かなそうだが。

詳細を表示。

【隠密】
・気配を消すことが上手くなり、認識されにくくなる。

クレナイのステータスを見終わったので、お次はハク。

ハクはレベルアップだけだった。でもレベル10になったのに【進化可能】と表示されないんだな。★もついていない。クレナイもレベル10では進化しなそうだ。一度進化している感じだったしね。ただの成長かもしれないが。謎生態だからなんとも言えない。

それにしても、アキが一番レベルの上がり具合は早くて、その次がクー太とラン。クレナイとハクは……クレナイのほうが早いのかな？　クレナイはハクみたいに森狼や、道中の大赤蛇をひとりで倒したりしてないから、今はハクより低いが。

種族で必要経験値も進化できるレベルも違ってそうだよなー。

んじゃ最後にクー太と俺のステータスを確認してみる。

クー太はレベルが4アップしてレベル5になっていた。レベル1で森狼を単独で倒したにしては上がり具合が少ないが、進化して上がりにくくなったと思えばこんなものだろう。あとは【噛みつき】がひとつ上がってレベル5になっただけで、ほかに変化はなし。

それで俺だ。【防御術】のレベルがひとつ上がってレベル2になったのと、メインのレベルが10から13になっていた。アキをテイムしたときに職業レベルとともに上がっていたから、森狼一匹に対してレベルが三つ上がった計算だ。それにしては上がりすぎじゃないか？

んー、やっぱり、テイムした魔物が倒した分も経験値として少し入ってくるのか？　じゃないと俺の戦闘参加率はそんな高くないから、ここまで上がらないはず。

そうすると森狼の前に倒した蛇数匹と今の森狼四匹で3アップは妥当、か？

あと、やっぱり俺もレベル10を超えたからって進化はしないみたいだな。

そもそも人間の俺は進化するのかもわからんが。

「みんなお待たせ。移動する前に魔石をクレナイが食べてみてくれ」

クレナイにまずひとつ魔石を与え、ステータスを見てみる。変化はない。

ふたつ目をあげてまたステータスを見てみると、【エネルギー過多】の表記が出た。

よし。これであとはレベルが上限に達すればいいはずだ。

残りのひとつは……。

「ハク、悪いんだがコレはアキにやってもいいか？　アキならコレひとつでエネルギー過多状態になりそうだし」

『大丈夫ですよ。私は今でも充分ですのでアキちゃんにあげてください』

アキちゃんって呼んでるのか。アキは手のかかる年下ポジションかね。

「ほらアキ。コレ食べな」

……クンクンとしきりに匂いを嗅いでいる。

『毒じゃないです？』

「お前、意外と失礼だな。クレナイも食べてただろ。毒じゃないから食べな」

『わかりました！　モグモグ。……木の実のほうが美味しいです！』

失礼なやつだが……憎めない感じだな。

んでステータスは、やっぱりコレひとつでエネルギーは充分か。レベルもすぐ上がりそうだし。

「じゃあ移動するか」

肩にランとクー太を乗せ、ハクの先導で移動する。

クレナイとアキは俺とハクの間だ。

『クレナイさんクレナイさん！　わたしの噛みつきどうでしたか！』

『これからも頑張ってください』

『だめでしたか……うぅ……。頑張らないとまたクレナイさんの非常食にランクダウンです……』

『いえ、食べないので大丈夫です』

『でも大丈夫です！　魔石食べてパワーアップです！』

『レベル上げて頑張ってください』

『はい！』

アキは騒がしいな。悪いことではないが、クレナイとは相性悪いんじゃなかろうか。話が噛み合っているのかもわからんけど、まあクレナイも上手く相手をするだろう。

「ハク。敵がいたらクレナイとアキと一緒に倒してくれ。レベルが10になって進化するかどうか知りたい」

『わかりました』

「クレナイもアキのフォロー頼むな」

『はい。かしこまりました』

『バッチコイです！』

アキが心配だ。こいつ絶対ポンコツだな。まあ危なければクレナイとハクがフォローするか。

「クー太とランはどうする？　別に戦ってもいいぞ」

『クレナイたち優先でいいよー』

『私はもう少しこの場所を堪能するわ』

「わかった。なら複数の敵や強めの敵が出たときは頼むな」

俺とクー太、ランは散歩しながらの森林浴気分でハクたちについていく。ある程度歩いたところで大赤蛇二匹が出た。

ハクは敵を見つけたら押さえつけ、クレナイとアキに攻撃させて倒した。

ハクの面倒見がよすぎる。クレナイもハク寄りの性格だな。まあ面倒見られるのは主にアキだが。

おっと、大赤蛇二匹倒したクレナイとアキのレベルはどうかな。

クレナイは変わらず、やっぱりアキがレベル上限に達して【進化可能】になっている。リスの育成は楽だな。もう一匹テイムしようかな。

アキは性格的に撫でたり可愛がったりすると調子に乗りそうであんまりやりたくないし……。けど、リスはモフりたいし……。進化見てから考えようか。

○アキの進化先を選んでください。
・木目栗鼠
・大栗鼠

何？　魔物はみんな巨大化する進化先がデフォルトであるの？
いちおう、説明を見とくか。

【木目栗鼠】
・木目のような模様があり、色も木と似た色になる。木に登っている木目栗鼠は発見が困難。
【大栗鼠】
・魔栗鼠より体が大きくなり、身体能力が高い種族。

【大栗鼠】はいいとして、【木目栗鼠】は木のあるところ限定で隠密性が上がるのか。攻撃力もないアキが隠密性を身につけても今は別に旨味はないな。

いちおうアキに進化先を説明してやる。

『大栗鼠でお願いなのです！　わたしが大きくなれば蛇くらいヨユーなのです！　あっ。クレナイさんのことじゃないですよ⁉』

『わかっていますよ』

うん。アキが隠密に特化しても密かに行動とか無理そうだな……。【大栗鼠】一択で。

「じゃあ進化させるぞ？」

『お願いしますですっ！』

パッと光る。クー太やランよりも大きい光だ。


《進化により個体名・アキが称号【進化・使役魔獣】を獲得。称号【進化・使役魔獣】を獲得したことによりスキル【制限解除】を獲得》

光が収まるとめっちゃデカくなったアキが現れた。リスって小さくて可愛いイメージだったからなんか嫌だな……。今更言っても仕方ないけどさ……。大きさは通常状態のクー太たちより大きく、灰色の森狼より気持ち小さいくらい？　つまりは中型犬くらいのリスだ。

そして、やっぱりアキも称号が出たか。

アキは体を確かめるようにペタペタ触っていたかと思ったら、シャドーボクシングを始めた。

『これでもう無能とは言わせないのですよー！』

「誰も言ってないから安心しろ」

『あ、いえ、仲間のリスたちにです！』

「お前、仲間内でもそんな扱いだったのか……」

リス全般がアキみたいなのじゃなくて安心すればいいのか、仲間内でも残念な扱いをされていたことに同情すればいいのか……。まあ仲間になったんだから無能扱いするつもりはないが。

進化してテンションが上がっているアキだが、実際どれほど能力が上がったのか。正直あまり期待していないのだが……いちおう試してみる。

「じゃあ試しに俺に攻撃してみろ」

『い、いいのです!?　怪我しても知らないですよ!?』

「たぶん大丈夫だからやってみてくれ」

クー太が同じことをしたときはみんなが俺のことを心配していた。だが今回は誰も止めようとはしない。つまりはそういうことなんだろう……。

『とりゃーっ！』

パシッ。

掛け声とともにパンチ……ではなく蹴りかましてきたぞ、こいつ。

痛くないし、遠慮がないのはまあアキだしな……。だがさっきまでのシャドーボクシングはなんだったんだろうか……。

「まあ進化前よりは断然いいんじゃないか？　でもまだ大赤蛇をひとりで倒すのはやめとけよ？」

『えっ。わたし進化したのにいらない子です!?』

「そんなこと言ったことないだろうに。アキが怪我したら困るから、もう少しレベル上げるまではクレナイたちと戦ってくれってことだ」

わたしショック！　みたいな顔をしやがって……。いや、リスってこんな表情豊かなものなのか？　出会って間もない魔物の表情がわかるって相当だよな。

自分が飼ってるペットならまだしも、たまに散歩中に会う犬猫の表情や癖なんかは普通はわからないだろう。アキがわかりやすいのはテイムして繋がりがあるからなのか、魔物だからなのか。いや、アキが特別感情豊かなんだろうな。

あ、進化後のステータス見忘れていた。

個体名【アキ】
種族【大栗鼠】
性別【メス】
状態【　】
Ｌｖ【１】
・基礎スキル：【噛みつきＬｖ２】【回避Ｌｖ２】
・種族スキル：
・特殊スキル：【制限解除】ｎｅｗ
・称号：【進化・使役魔獣】ｎｅｗ

うん。ほぼ変化がない。見えないステータス的なものは上がってるんだろうが……。まあこれからの成長に期待というところだろう。

『ご主人様。灰色が二匹来ます』

ハクが警告してくれる。二匹なら問題ないな。

「わかった。ならクレナイとアキで先に一匹。ハクはクレナイたちが一匹倒すまで、もう一匹を押さえていてくれ。クレナイたちは一匹倒し終えたら、ハクが押さえてるやつに攻撃で」

『はい』

『かしこまりました』

『今のわたしならチョチョイのちょいです！』

ハク、クレナイ、アキの三匹が飛び出していくとクー太とランが肩から下りてきた。

「どうした？」

『なにか近づいてきたよー』

『大赤蛇、かな？　でもわかりにくいわね』

ランがわからない……？

『んー。たぶん違う気がするー』

クー太もはっきりしないな。何が来ているんだ？

「どこからだ？」

『後ろー。ちょっとみてくるー』

『私はご主人様といるわね』

切迫した感じではないみたいだし、クー太に任せようか。

「無理はするなよ」

『わかったー』

クー太はチビサイズから通常サイズに戻って駆けていった。クー太なら大丈夫だろう。

「ランはいいのか？」

『クー太だけで大丈夫だと思うしね。私はご主人様の肩の上を独占だわ！』

肩の左右に分かれて乗っているんだから、別に独占も何もないと思うが……。

「なら、ハクたちを見て待ってるか」

ハクはすでに灰色の森狼を押さえつけていた。本当、ハクは同じ種族なのに強いな。勝ってテイムできてよかったわ。

クレナイとアキは……。クレナイは充分互角だ。体に巻きついて首に噛みついている。アレなら普通に倒せるんじゃないだろうか？　でもまだ森狼が死んでいないってことは手加減している？

アキに攻撃させてやっている感じがするな。

アキはまあ頑張っている。森狼に噛みついたり蹴りを入れたりしているが、あんまりダメージは与えてなさそうだ。しかもクレナイにたまに攻撃が当たっている。

アキに接近戦は無理かな……。木の実でも投げさせてみるか？

お。森狼を倒せた。アキの攻撃が思ったようにいかなくて痺れを切らしてクレナイが殺したか？

まあもう一匹いるしな。あんまり時間をかけるとハクも疲れるだろう。

クレナイとアキは、ハクが押さえている森狼へ向かっていく。

『ご主人様、クー太が戻ってきたわ』

「早かったな。そんな近くにいたのか」

後ろを振り向くと何か長いものを咥えているクー太がいた。

「クー太、それなんだ?」

『蛇さんー』

「死んでるのか?」

『んーん。テイムするかと思って生け捕りー』

クー太、偉い。でもクー太から生け捕りって単語を聞くとちょっと怖い。

ハクが言っていた黒い蛇か。クー太に咥えられた蛇の顔に近づきテイムを念じる。が、アナウンスがない。

テイムのアナウンスまで聞こえない仕様になったのか? 黒蛇のステータス表示、と念じてみるが同じく何も起きない。

んー。

「仲間にならないか?」

「…………」

反応なし。

「クー太、少しそのままで」

『わかったー』

ハクたちを見ると戦闘が終わったみたいだ。ステータスの確認はあとですることにして、ハクたちを呼ぶ。

『お待たせいたしました』

『どうかされました？』

『ご主人！　倒したのです！　んん？　なにかあったのです？』

「いや、クー太が黒蛇を捕まえてきたんだが、テイムできないみたいなんだ。クレナイはこいつと意思疎通できたりしないか？」

『はっきりと意思疎通できるようになったのはテイムされてからですし……。まあ、何が言いたいのかくらいならわかります』

「じゃあクー太はそいつを離してくれ。ハクとランはそいつが逃げないよう囲って。アキは……任せる」

『はい！　任されたのです！』

ポジティブなのかネガティブなのかどっちだ。たいして考えていないだけか。

クー太が口を緩めたが黒蛇は逃げない。というか三方向にクー太、ラン、ハクで、正面に俺とクレナイ。あとはアキがいるから、逃げる気にならないだけかもな。

「仲間にならないか？」

もう一度声をかけてみるが反応なし。

「クレナイ、考えていることがわかるか？」

『おそらくテイムは難しいでしょう。ご主人様の下につくならここで戦って死ぬと。そのような感情ですね』

「あー。そういう感じ、ね。これだけ自分より強いやつに囲まれても仲間になる気がないようなやつ相手だとテイムは無理か」

まあ、仕方ない。相手と俺の相性もテイムの可不可に関係あるだろうしな。

「わかった。なんかこの状態で袋叩きにするのも気分悪いし、逃がすか。クー太たちはこっちへ来てくれ」

『いいのー？』

クー太が小首を傾げる。

「ああ。でもせっかく捕まえてきてくれたのに悪いな」

『気にしてないよー』

「ならよかった」

感謝を込めてクー太を撫でる。

黒蛇は状況に戸惑っているのか、警戒しているのかこちらを見て動かない。

「クレナイ。こいつに去って構わないと伝えてくれ」

『かしこまりました』

音には出てないが、何かしらのやり取りがあったのだろう。クレナイと黒蛇が見つめ合うと、やがて黒蛇は去っていった。

「こういうこともあるんだな。まあ、嫌がるやつを仲間にしても上手くいくかわからんし、いいだろう」

『ですね。それでは、私はクレナイたちが倒した灰色の魔石を取ってきます』

ハクはそう言い、駆けていく。

『では私もハク殿と取ってきます』

へー？　クレナイってハクのことハク殿って呼んでるのか。ならクー太殿、ラン殿かな。アキは呼び捨てか？

二匹を待つ間にクレナイのステータスを見ておく。

レベル10になっていたが星マークはついていない。残念だ。やはり小さい赤蛇から大赤蛇へすでに一度進化していたのだろうか。二回目の進化はレベル10ではできないのか、これまた種族ごとで進化できるレベルが変わるのか。

考えているうちにクレナイとハクが魔石を持って戻ってきたので、二匹にひとつずつ食べさせる。ステータスに変化はなかった。

「次からの戦闘はクレナイとハクがメインで、クー太とランは何かあったときにサポート。アキは石とか木の実とか投げつけてみてくれるか？」

『『わかりました』』

『『はーい』』

『!?　木の実は投げちゃダメです！　大事な食料なのです！』

「あー、すまん。なら石とか遠距離で攻撃できるかやってみてくれ。大きくなって意外と手足器用に使えてるみたいだし」

アキは食いしん坊属性まで備えてるのか？　残念属性満載だな。

あれ？　そういえばこいつらって何食うんだ？　倒してきた魔物はすべて魔石を取って放置だし。

というか今更だが、倒したあと放置してて大丈夫か？

腐って病原菌の温床になったりとか……。あれ？　やばくない？

「なあ。みんな、今まで倒した魔物を食べたりしてなかったよな？　すべて魔石抜いて放置だし。食事とか大丈夫なのか？」

『お腹空いてないよー。あっ。でもまたご主人さまが初めにくれたやつ食べたいなー？』

クー太に初めてあげたもの……菓子パンか。気に入ったのか。

「それは森を出たらあげるからな。ランは？」

『そういえば朝から何も食べてないけどお腹空かないわね』

ランも平気そうだ。

『魔物を食べることもできますが……魔石を摂取すれば空腹は満たされます』

『そうですね。魔物や動物の肉を食べても問題ありませんが、魔石を食べているなら必要はないと思います』

クレナイとハクは魔物を食べたことがあるのか。テイムする前のことだろうが覚えているんだな。

『そうなのです⁉　でも魔石より木の実のほうが美味しいのです！　す、少しなら分けてあげてもいいです……！』

アキがおもむろに口からドングリっぽいのを出した。いやお前いつから頰袋に木の実入れてた。

あと誰も欲しがらないぞ。

「アキ、俺たちは木の実食べないから自分で食べていいぞ。あと魔石じゃなく木の実食べてても構わない」

『ご主人……ふと思ったのですが……。ご主人のわたしへの態度がほかの方と違う気がするのです！』

え、今更……？

「いや、まあ、あれだ。アキは特別だからな」

いろいろな意味で。

『!? そんなこと言われたのは初めてです！　嬉しいです！』

なんかいっそ可愛く見えてくるなこいつ。

『ご主人さまーボクはー？』

「クー太のこと好きだぞー？」

『えへへー』

すごく嬉しそうだ。

『ご主人様ご主人様！　私は！』

「ランのことも好きだから安心してくれ」

『ふふふー』

こいつら可愛いな。そしてクレナイとハクはなんとなく年下の子を微笑ましく見るような感じだ。

「いちおう言っておくが、クレナイとハクのことも大切だからな」

『主様ありがとうございます』

『ふふ。ありがとうございます』

なんだろうか。クレナイとハクは二匹の記憶から察するに生まれてそんなに経っていなそうだが一番大人だ。

『むむむ。やっぱりなんか違う気がするのです！』

「アキの気のせいだ」

アキだって大切な仲間だしな。ただちょっと残念なだけだ。

「さて移動するが、その前にやっぱり殺した魔物をそのままってのはよくないかね？」

『ご主人様、魔物は普通の動物とは違い、魔石を取り出し時間が経つと、そう時間を置かず朽ちていきますので放置で大丈夫かと』

「え？　そうなのか？」

『ええ。川に行く前に倒した魔物はもう軒並み朽ちて跡形もないかと思います』

全然気づかなかった。なら放置でいいか。余計な心配せずに済んでよかった。最悪来た道を戻って、埋めるのは難しいが土くらいかけなければと思っていたからな。よかったよかった。

『ご主人さまー』

「どうした？」

いつの間にか肩に戻っていたクー太に呼びかけられた。

『少し離れてるけど、たぶん人間の匂いー』

「え、人間……？　んーどうするか。人間以外はいるか？」

まあそりゃあ人間のひとりやふたりいるわな。人と会う可能性なんてまったく考えていなかった。

『近くにはいないと思うわ』

『黒い蛇さんはわかりにくいからいるかもしれないけど、狼さんの匂いはしないー』

クー太がそう言うなら大丈夫か。黒蛇に関しても近くにいればわかるだろうしな。

「了解。なら急ぐこともないだろ」

『はーい』

『わかったわ』

片手を上げて返事をするクー太と、頷くラン。

『クー太さんはすごいですね。私も今気づいたところです。それとその人間さん、私たちに向かってではないですが移動しているみたいなので、追いかけるのでしたら早めがいいと思います』

あ。ハクのクー太の呼び方はさん付けなのね。初めて気づいた。

「クー太はレベルアップで嗅覚も上がっているのかね。ところでみんな、お互いのことなんて呼んでるんだ？」

『？？　ボクはラン、クレナイ、ハク、アキだよー？』

『？　私もそうね』

クー太もランもなんでそんなことを？　といった感じに首を傾げる。

『私はクー太殿、ラン殿、ハク殿、アキです』

クレナイにとってアキはどんな立ち位置なんだろうか……。

『私はアキちゃん以外、さん付けですよ』

『わたしはみんな、さん付けです！　クレナイさんとハクさんは、なんでわたしだけ呼び方が違うのですか！　差別です！』

アキが手を振り回し抗議するが……。

『アキはアキでいいかと』

『アキちゃんはアキちゃんよ』

その抗議は無駄だったな。手のかかる妹みたいな感じか？

『うぅ……。なんか差を感じるです！』

「可愛がられているってことだよ」

そうだよな……？

『そうなのですか⁉　ならいいです』

ふんふん、と頷くアキ。

気になったからクー太たちが見つけた人を追う前に聞いてみたかったのだ。話が脱線したな。

それにしても人ねー。普通だったらこんな森の中、しかも魔物だらけで危険だからすぐにでも合流するところなんだが……。

こいつらがいるからなー。

クー太、ラン、アキはいいとして、ハクとクレナイは怖がられるか、攻撃されたら嫌だし。

まあレベル上げに俺はいらなそうだし、クー太たちが倒しても俺には経験値が入ってくるみたいだから、別行動しても問題はないんだが……。

「俺はその人間のところに行って、みんなは狩り、って感じで別行動でも大丈夫か？」

『ボクも行っちゃだめー？』

「いや、だめではないが、クー太にもレベル上げはしていてほしいしな」

『むー。わかったー我慢するー』

クー太は我慢すると言ったが、むーっと不満そうにしている。

『ご主人様、ひとりでも大丈夫？』

「それは平気だろう。その人間がどういう人かはわからんけど危なそうなら逃げてくるし、普通の人なら街を目指しているだけだろうからな。あ。でも俺ひとりだと、もといた場所に辿り着けるかね」

ランが心配してくるが……迷子になる心配は否めないな。

『ご主人様、私たちが出会った場所はあちらの方角です。それとご主人様が迷っても手助けできるよう私やクー太さんがご主人様の居場所を特定できる距離で狩りをして、目指す方角が違っていたり何かあれば、小さくなったクー太さんかランさんがこっそり連絡しにいく、とかでどうですか？』

……ハクの提案でいくか。

『そうですね。それなら主様のほうへ行きそうな魔物を間引けますし、それがいいかと思います』

クレナイもそんな気を使わなくてもいいのに……。

『それでいいよー。あとねーハクと会ったのはあっちだけど、ボクと会ったところに戻るなら、こっちの方角にまっすぐがいいかなー？』

クー太が教えてくれたものの、周りは似たような木ばかりだから、あっちと言われてもすぐわからなくなりそうだな。わずかに見える太陽の位置を確認したりして方角を覚えておこうとしていると、アキがまた阿呆なことを言ってきた。

『ご主人に捨てられるわけではないです？』

「捨てないわ」

アキにツッコんでいる俺の横で、ランはまだ心配そうにしている。

『……ねえ。やっぱり連れてってくれないかしら？』

「なんでだ？」

『方向を言ってもわからないみたいだったし、それなら私がついていったほうがいいんじゃない？』

『なら僕もー！』

確かに、クー太とランを連れていったほうがいいか……。

『それに、その鞄なら私とクー太が入っても大丈夫でしょ？』

「そうだな……」

『あ！　ならわたしも行くです！』

「いや、アキはハクとクレナイといなさい。ハクもクレナイもアキを頼むな」

『『はい』』

『なぜです⁉』

「絶対騒がしくするだろ」

『そ、そんなことないのです！』

「アキはお留守番決定。いい子だから待ってろよ」

『むむむ……。わたしはいい子だからちゃんと待ってるのです』

少し不安になるのはどうしてだろうか。

ランかクー太どちらかだけで充分だが……チラッとクー太たちを見るとすでに行く気満々で瞳がキラキラしている。

「……じゃあクー太とランは鞄に入ってくれ」

『そうするー！』

『そうするわ！』

「あ、待ってくれ」

筆記用具やら紙類など邪魔なものを出しておく。まあ昨日はお酒を飲みに行くからと持って帰る必要が特にないものはほとんど会社に置いてきたので、そんなに荷物は入ってないが。

早速鞄に入り、顔だけを出す狸二匹。

「人と会うときはちゃんと隠れてろよ？」

『もちろんー』

『わかってるわ』

片手で持つタイプのビジネスバッグだから、いくら小さいといってもさすがに重いかなー、と思っていたが何も問題ない。これもレベルアップのおかげかね。

「じゃあクレナイ、ハク、アキ、少し待っててくれな」

三匹の頭を撫でる。

『お気をつけて』

『いってらっしゃいませ』

『いってらっしゃいなのです』

クレナイたちに見送られると、クー太の案内に従って進む。

「そういえばひとりだけか？　何人かいるのか？」

『たぶん、ひとりー？』

「そうか。相手がわかる距離まで近づいたら少し様子を見ようか」

柄の悪そうな人とかだとあまりお近づきになりたくないしね。

それにしてもひとりか。なんでこんなところにいるんだろうな。

ここがもともとなんだったのか全然わからないんだけどね。クー太たち曰く住んでいたところから街が見えなくなるくらい草木が突然伸びてきたらしいし、ここら辺もそうだったとして、仮に来たことがある場所だったとしてもわからないだろう。

『ご主人さまー黒い蛇さんいるっぽいー』

『あ、本当だ。私にもわかるわ』

「襲ってきそうか？」

『んー。たぶんさっきの蛇さんかなー？　だから平気だと思うー』

「まだ近くにいたのか。まあさっきの蛇ならさすがに襲ってこないだろう」

それから五分ほど歩いたあたりで、クー太に止められた。

「近いのか？」

『もうすぐ見えると思うー』

『そうね』

そこからは音を立てないようにクー太たちの示す方向へそっと移動すると、ガサ、ガサっと音を立てながら歩いている人を見つけた。

若い女性だ。若いといっても俺の少し下くらいか？　男のほうがよかったのに……。話しかけて不審者扱いされないかが心配だ。

それにしてもなんだ？　脚を少し引きずっているのか？

「クー太、ラン。血の匂いはするか？」

『少しー？』

『そうね。擦り傷くらいじゃないかしら？』

ならまあ大きな怪我をしているわけではないだろう。足を捻ったとかか。安全なところまで送り届けたほうがいいかもしれない。

「クー太、ラン。確定ではないが、おそらくどこかに送り届けることになると思う。とりあえずここで待っててくれ」

『わかったー』

『大丈夫なの？』

「まあ危なそうな人じゃないし。どちらかというと俺が危ない人扱いされそうだ」

突然、人気のない森の中で男が話しかけてきたら、ひとりでいる女性としては不安になるだろう。クー太たちを見せれば警戒は解けるかもしれないが……。

「んじゃ行ってくる」

『いってらっしゃいー』

『気をつけてね』

クー太たちにこの場で待っていてもらい、ゆっくり進んでいく。あちらからも俺を認識されるくらいの距離に来たので声をかけようと思った。が、なんて声をかけようか。

すんごい今更だが別に無理に声をかける必要ってないよな？　Uターンして何もなかったことにしようか……。

「す、すみません！」

あ……いろいろ考えていたら逆に声をかけられてしまった……。

考えずにUターンすればよかったかね……。

まあお互い見えるくらいに近づいてるし、あっちから声をかけてきたならもう逃げる必要もないだろう。

普通に会話できるくらい距離を縮めていく。野暮ったい感じの服を着ている黒髪の可愛らしい女性だ。

「あ、はい。どうされました？」

「え？　あの、ここらへんは危ないですよ！」

「何かありましたか？」

「あの、えと、危ないんです！」

「何かありましたか？」

「襲われたんです！　それで、わ、私逃げてきて……」

同じセリフを言われたので同じセリフを返してみた。

ところで襲われたって、人間に？　魔物に？　女性ひとりで逃げてきたって……男に襲われて逃げてきたのか、魔物に襲われて逃げてきたのかどっちか判断がつかないよな。まあ魔物だろうけど。

「それは狼とか蛇とかですか？」

「大きな猿です！」

残念ハズレ。男でも狼でも蛇でもなく、猿だった。

あれ？　でも猿って川にいたときにハクたちが見つけていたけど、敵意はないから問題ないって判断したんだよな？

人間を襲うような魔物だったの？

「できれば詳しく教えてください。それともう少し落ち着いて」

恐慌状態ってわけではないけど、なんかテンパってる感じ？　まあ俺も知らない女性との会話だから緊張はしているが。

「す、すみません。私、友達と登山に来たんですけど、登る前に突然木とか草が地面から生えてきて、道路とか建物とかも崩れちゃってて、さっきまで見えてたところがすべて森になってて、携帯も使えないんです！　それで、友達と近くにいた人と一緒に森から出て警察に行こうってなったんですけど……何時間経っても森から出られないし、あったはずの建物や飲食店とかもなくなってて……そしたら猿が何匹も現れて逃げてたらみんなとはぐれちゃってて………」

おー。パニックになっているんじゃないかと心配だったが、ちゃんと説明できてる。まあすごく俯いて矢継ぎ早だったが。

息継ぎもほとんどしないでの説明ありがとう。俺はそんな大事になってるとは思わなかったよ。寝てたからね！

それにしても登山か。少し野暮ったいと思っていたが、登山服ってことなら納得だ。

「説明ありがとう。それは大変だったな」

「あなたは……あ、お名前……。私は齋藤です」

「中野だ」

「よろしくお願いします」

あ、口調が素になっちゃったわ。何もツッコまれないし、相手は上司でも先輩でもないしな。まあいいか。

「あ！　そうじゃなくて、なんで中野さんはスーツでこんな山の中にいるんですか⁉」

「うん、少し複雑な事情でね」

「そ、そうなんですか」

寝て、起きて、レベル上げをしていた。

レベル上げのあたりが複雑な事情になるよね？　きっと。

説明するの面倒なんだよ。

あとスーツだけど、ジャケット着てないしワイシャツも裾出してるから、スーツ着た社会人ってより制服を着崩しただらしのない学生みたいな見た目ですが。

「ああ。それで、街の方角はわかるから森を出るまで送っていこうか？」

クー太たちが、だけども。

「本当ですか⁉ あ、でも友達を捜しに行きたいです……」

また俯いちゃった。どうするかなー。ハクたちを連れてくる？ そうすれば人の匂いくらいすぐ見つけられるとは思うが。

「うーん。そういえば足を引きずっていなかったか？」

「あ、はい。逃げてるときに足首捻っちゃって……」

「だとしたら友達を捜すのも一苦労だろう。どこか安全な場所で待っててくれれば、俺が捜してあげてもいいんだが」

「あの……それなら……私はここで待ってるので、もしよければ……友達のことお願いしていいですか……？」

そこまでする義理はないのだが、いろいろ知らない話が聞けそうだしな。

「いや、足引きずってる人をこんなところに放置しては行けないだろう」

「でも……！」

「わかった。ここで待っていてもいいけど、条件がある」

「は、はい！ なんでしょうか⁉ お金はあまりありませんが……」

「あー、いや、そうじゃなくてだな」

やべ。言い方悪かったな。もっと変な意味で捉えられてもおかしくない言い方だった。

「安全は保証するから、ここら辺で待っててくれて構わない。ただ何も聞かないで探ったりもしないでほしい」

「ど、どういうことでしょうか？」

「ここに猿だのなんだのが来ないようにしとくし、お友達も捜してあげるから、何もツッコまないでくれってことだな」

「よ、よくわかりませんけど……。わかりました！」

納得するのね。自分で言っておいてなんだが、俺だったら怪しくて信じないけどな！

「じゃあ……あそこの大きめの倒木にでも腰掛けて待っていてくれ。腐ったりしてなさそうだし、虫とかもそんなにいないだろう」

少し離れたところにあった倒木を指で差す。

「はい！　レジャーシートも虫除けもあるのでたぶん平気です！」

うん？　逞しい、というかアキと同類な匂いが……。

気のせいだろう。

じゃあ一度クー太とランと合流して、ハクたちを呼んできてもらうことにするか。

そのあとは、クー太だけ連れて齋藤さんの友達捜しかな？　ランには悪いけど、今回はハクたちとここら辺の警戒をしてもらおう。

アキの面倒はクレナイに頼んで、ハクとランはここら辺一帯に入ってきた魔物を狩ってもらおうかな。クレナイには齋藤さんの様子見も頼もう。

下手したらハクたちは黒い蛇を察知できない可能性があるからな。クレナイが齋藤さんを見張っていれば問題ないだろう。

あ、どんな人を捜すのか聞くのを忘れてたな。

「そうだ。友達の名前と容姿を教えてくれないか?」

「はい! 私の友達は森田ミミちゃんで二十一歳です。髪は黒くて私より短いです! 一緒にいたのは高山ナオキさんといって、少し茶髪っぽい三十~四十歳くらいの髭のはえた方です!」

三十~四十って振り幅意外と大きいぞ?

まあいいか。

「了解。そういえば。登山しに来たと言っていたよな?」

「はい。そうですよ。逃げるときに大きいリュックは捨ててきちゃって、ウエストポーチの中身しか持ち物がありませんが……。なので、小さめのレジャーシートと携帯用の虫除け、栄養食に貴重品。あとは飴くらいですね。あ。飴食べます? どうぞ! 塩飴ですけど」

「あ、うん。ありがとう」

やっぱりアキと同類じゃなかろうか。警戒心のなさとか天然的な意味で。

「いや、飴はありがたくいただくが……そうじゃなくてだな。すごい今更だし、変に思うかもしれないが少し聞いてもいいか?」

「はい。なんでしょうか?」

変な奴だと思われないことを願おう。

「ここはどこで、なんていう山? なんだ?」

「…………………え?」

斎藤さんとの間に沈黙が降りた。

記憶喪失じゃないよ？　けど酔って寝て起きたらここにいたからね。どこか知らないのは仕方ないだろう？

斎藤さんは何言っているか理解できていない、って感じの反応だ。

仕方ない、もう一度言ってあげよう。

「ここは何県のなんていう地区のなんという山？　森？　か教えてもらえないか？」

「…………」

あ、返事はないけど、こいつ何言ってるんだろうみたいな目に変わった。もう一度言ったらどんな表情になるかね。

「ここは何県のなんていう地区のなんという山？　森？　か教えてもら……」

「言い直さなくていいです！」

「おお。やっと反応した」

「反応した、じゃないですよ！　何言ってるんですか？　記憶喪失なんですか⁉」

「だから言っただろう？　複雑な事情があってだな……」

「それは聞きました！　だからってそんな記憶喪失なんて……。この人にミミちゃん任せて大丈夫かな……」

記憶喪失じゃありませんよ？　わざわざ説明はしないけどね。

あと小声になったけど聞こえてるからね？　きっとレベルアップで聴覚もよくなっているな。

「まあまあ。それで？　ここはどこなんだ？」

「えーと、東京都にある高尾山です。あ、でもここはおそらく、高尾山の麓の近くだと思います。街方面だと思うほうへ結構歩いてきたので。方角が合っていれば、ですが」

「へぇ」

「へ、へぇって……」

よかったよかった。千葉や神奈川だったら帰るのが大変だが、都内なら歩いてなんとかなる。実際、高尾山の最寄り駅からは財布なくして歩いて帰ったことがあるしな。七時間かかったが。

「ありがとう。疑問がひとつ解決したよ。じゃあ捜しに行ってくる。安心して待っていてくれ」

「え、え？」

なんかアワアワしている齋藤さんから友達とはぐれた場所などの情報を聞き、クー太とランのところへ戻る。

『おかえりー』

『おかえりなさい』

隠れていたのか、草陰からひょこっと二匹が顔を出した。

「ただいま。状況が変わったから、どっちかハクたちを呼んできてもらえるか？」

『なら私が行ってくるわ』

「頼んだ。クー太、もう少しここから離れよう。ここだとあの人が少し移動してきたら見つかりそうだ」

『わかったー』

ランを見送り、クー太を肩に乗せてその場を離れる。

「ここからでもあの人の匂いとかはちゃんとわかるか？　魔物が近づいてきたりしたら助けに行かないとだしな」

『だいじょうぶだよー』

肩に乗せたクー太を撫でながら、ランたちを待つ。クー太は、耳の裏を撫でられるのがいいようだ。気持ちよさそうにするクー太を眺めていると、クー太の耳がピクピクした。

『ランたちが戻ってきたー』

「そうか。結構早かったな」

『走ればこんなもんだよー？』

「あー、そうか。ここに来るときは歩いてきたしな」

クー太と会話しているとすぐにランたちが現れた。

『ただいま』

『『お待たせいたしました』』

ランを先頭にハクとクレナイがやってきて、更に少し後ろからアキが現れる。

『ご主人！　わたしの出番です⁉』

「ランありがとう。アキの出番は……まあそのうちあるさ」

これからのことを伝える。

ランとハクは周囲の警戒と魔物が来たら討伐。それとクレナイはアキの面倒を見つつ齋藤さんの様子見と、魔物に襲われそうになっていたら助けることを。

『わかったわ』

『かしこまりました』

『わかりました』

『わたしも戦いますです！』

案の定、アキがごねた。ランもついていきたいと言うかと思ったが納得したようだ。

『クレナイ、すまないが頼むな』

『はい。大丈夫です』

『ご主人！　わたしご主人のこと待ってる間訓練したのです！　今度こそ大丈夫なのです！』

訓練って……十分、十五分くらいじゃないか……？

『あ！　疑われてるです！　ステータスっていうやつを見てみてほしいのです！』

えー。数分訓練しただけでなにか変わるか……？

まあ確認はしてみる。

あれ？　アキのレベルが上がっている。

いや、進化してから灰色の森狼を倒しているから、上がっていてもおかしくはないのだが……。

レベルがいきなり10になったうえ、【回避】がレベル3に、新スキル【投擲】も覚えていた。★がついていないからレベル上限には達していないんだな。

それにしても、レベルが上がりすぎではないか……？

「訓練って何をしたんだ？」

『私とハク殿相手に模擬戦を少々。短時間で能力が上がっていたのは確かです。ひとりで大赤蛇を倒せるくらいだと思いますが』

クレナイが説明すると、アキが胸を張る。

『ふふんです』

「すごいじゃないか」

『もっと褒めてほしいです』

リスのドヤ顔……？

さて、ついでにほかのみんなのステータスも確認しておくか。

小まめに確認しようと思いつつできていない。まあクー太たちは戦闘はほぼしていないしな。

まずは自分のステータスから見てみると、レベルが14になっていた。やっぱり自分で倒さなくても経験値は入ってくるのな。でもそれだとスキルが育たないんだよなー。【精神耐性】はまたひとつ上がってレベル8になっていたけど……。

変化があったステータスだけをまとめるとこんな感じ。

○クー太
Ｌｖ【５】ＵＰ
・基礎スキル：【噛みつきＬｖ５】ＵＰ　【気配察知Ｌｖ４】２ＵＰ

○ラン
Ｌｖ【３】２ＵＰ

・基礎スキル：【気配察知Lv3】UP
〇クレナイ
・基礎スキル：【指導Lv1】new
〇ハク
・基礎スキル：【気配察知Lv2】new【指導Lv1】new

索敵を任せっきりなクー太やラン、ハクの【気配察知】が成長しているのは妥当だな。

そしてなぜかクレナイとハクは【指導】のスキルを……。アキがそれほどまでに手がかかるってことなのかね。少し笑いそうになったわ。クレナイ、ハク、ご苦労様。

まあ大きな変化はなかったな、アキ以外。アキはすぐにでもレベル上限に達しそうだな。本当育成が楽だが、スキルは全然伸びないな……。

「よし。アキはクレナイと組むことは変わらないが、敵が出たら積極的に戦ってもいいぞ。ハクやクー太くらい強い敵でなければ、クレナイもいるし大丈夫だろう」

『やったのです！　認めてもらえたのです！』

「じゃあみんな、あとは頼むな。クー太は俺と一緒に、齋藤さんが猿に襲われたあたりを歩き回りながら、人の匂いを捜してもらう」

『わかったー。まかせてー』

「じゃあ行ってくる。あとはよろしく」

『いってらっしゃーい』

ランが少しやる気なさげに見送ってくれるが……ついてきたかったんだろうな。

『お気をつけて』

『気をつけて行ってきてください』

『いってらっしゃいなのです！』

ラン、クレナイ、ハク、アキを軽く撫で、クー太を肩に乗せる。鞄はこの場に置いて、聞いた方角へ歩いていく。

見捨てられなくて助けることになってしまったが、正直なところ早くレベル上げしてクレナイとハクの進化先を拝みたい。なので少し急ぎ足だ。

急ぎ足だけども歩くだけではつまらないので、クー太と他愛もない話をしたり、撫でたり、頬に当たる毛の感触を楽しみながら歩いた。

感覚的には十五分くらい歩いたあたりで、クー太が耳をピクピク、鼻をピクピク。

『たぶんいたー』

「お、ほんとか？」

『うん。お猿さんー』

「猿か」

人間の匂いを見つけたのかと思った。

『あ、でも人間もいる、のかなー？　血の匂いがするよー』

「急いで案内頼む」

それを早く言ってくれ。

クー太は肩から飛び降りると普通サイズになる。

『こっちー』

クー太を追って小走りする。

それにしても出血しているのか。猿って肉食じゃない、よね……？

殺されたり、万一食べられていたりしたら勘弁なんだが……。【精神耐性】のレベルが急上昇する案件だ。そうならないことを祈る。

五分ほどでデカい猿の姿が見えてきた。成人男性と変わらない大きさのやつが四匹いる。その近くには人が倒れていた。

「クー太。俺らであいつら倒せるか？」

『ヨユーだよー』

「じゃあ、このまま突っ込もう」

クー太が大丈夫と言うなら大丈夫だろう。

猿たちがこちらに気づいたが何もさせるつもりはない。森狼のときのように体当たりをし、吹き飛ばす。そしてすぐさま、近くにいた別の猿の顔を殴りつけた。よろけたのでそのまま、また顔面に蹴りを放つ。その猿は起き上がってこないので死んだか気絶したかだろう。

吹き飛ばしたやつが起き上がっていたので、そちらに向かう。

チラッとクー太のほうを見たらクー太はすでに一匹を倒し、もう一匹の相手をしていた。

なので俺は安心して吹き飛ばしたやつのもとに向かい、顎を殴りつける。

「ギャッ」

あ。顎を殴ったつもりが鼻っ柱を殴ってしまった。まあいいか。そのまま拳を振り上げ顎へ。

沈黙したのでクー太を見るとクー太も倒し終えたようで、すでに魔石を探しているみたいだ。

俺は倒れている人に近づく。

「ちっ」

はぁ。【精神耐性】上がるかね。明らかに首が曲がり、事切れていた。五十歳くらいの男性だろう。

あの大猿たちに殴られたり蹴られたりしたようだ。

気分が悪いな。

「クー太、悪いんだけど俺が倒したほう、死んでなかったらトドメ刺して魔石を取ってくれるか？

すまんな」

素手で体内にある魔石を取り出すのはいろいろな意味で厳しいから、齋藤さんに十徳ナイフでも
持ってないか聞けばよかった。大猿に殺された人は登山服のような格好だが、手ぶらだし。

まあ見るからに齋藤さんの友人か知り合いじゃなさそうな点が気休めといえば気休めか。もし友
人だったらなんて言えばいいか……。安請け合いしすぎたな……。もう少し考えればよかった。考
えても見捨てられなかっただろうが。

『ご主人さまー。持ってきたよー。あとお猿さんはしんでたー』

「そうか。ありがとうな」

クー太の口元に付いた血を袖で拭ってやり、頭を撫でる。

さてと、魔物はそのうち朽ち果て消えるらしいからいいとして、この人だな。さすがに担いでどこかに、ってのは無理だし。墓穴掘るのもな。街がこことは違って正常に機能していたら、よかれと思ってもそれは犯罪になりそうだし。

ここだと血の匂いでほかの魔物が寄ってくるかもしれないので少し離れたところまで移動させてやり、脱がした上着を顔から上半身にかけ被せておく。何もしないよりはマシだろう。

街に戻ったら警察にでも連絡しよう。

「クー太、ここから離れよう。考えが甘すぎたな。齋藤さんの友人たちを助けるなら、もう少し急ごう」

『わかったー。ならボクも走っていくねー』

「ああ。悪いな」

『だいじょうぶだよー』

もう一度クー太の頭を撫で、移動する。

駆け足程度だが、こんな森の中なのにかなりの速度が出ていると思う。

走っていると大猿二匹を見つけたのですぐさま突っ込んでいき、俺とクー太で一匹ずつ仕留め、クー太が魔石を取る。

「あ、クー太。今のもさっきのも食べちゃっていいぞ」

『ありがとー！』

ポリポリとスナック菓子を食べるようにクー太は魔石を食べていく。

硬そうなのにな。俺もあとでひとつ食べてみるか……？　もちろん洗ってからだが。

「クー太は魔石が好きなのか？　アキは美味しくないって言ってたが」

『んー？　そんなに美味しくないよー？　ただこのポリポリするのすきー』

おやつ感覚か。

さて、先を急ぐかね。

「まだ人の匂いはしないだろ？」

『するけど、ここら辺にいた匂いー？　さっきの人のとかかなー？』

「わかった。ほかの人の匂いを見つけたら、匂いのするほうに移動してくれ」

『わかったー』

そして、そんな時間を置かずにまた大猿が現れた。このあたりは猿の縄張りなのか？

少し傾斜になってきているから、山の麓あたりなのだろうか。ここが高尾山の麓だったら……俺がいたところって本来なら林とか草むら程度の場所で、山とは全然関係なかったんじゃなかろうか。

現れた大猿は一匹だったので、俺が突っ込み、猿が倒れたところにクー太が襲いかかり、あっという間に魔石を回収。

クー太は口をモゴモゴ動かしながら移動する。

『ご主人さまー。人いるー』

そろそろ進行方向を変えようかと思っていたら、クー太が何かを見つけたようだ。

すぐさま教えられた方向に数分ほど駆けるとクー太が突然止まった。

「どうした？」

『この先に人がふたりいるよー。ボクはどうするー？　敵もいないみたいー』

「あぁ。そういうことか。さすがにポケットに入るくらい小さくはならないよな？　あ！　鞄とか帽子に変化できるか⁉」

『ぼうし？　はわからないからむりー。鞄ならご主人さまのやつと同じのならだいじょうぶー』

「ならそれで頼む」

『わかったー』

パッと光ると、そこには置いてきた鞄があった。

おおー。すげぇ。変化ってめっちゃすごくないか？

無機物にもなれるのか。顔はどこだろう？　少しいじっていたらクー太に抗議された。

『ご主人さまーくすぐったいよー』

「あ、ああ。すまない。顔はどこだろうかと思ってな」

『なんていうか全部が体って感じー。周りは見えるけど、自分でもどこが顔かはわからないー』

「そうなのか」

不思議だ。まあそういうものなのだろう。

クー太が変化した鞄……クー太鞄を持って歩いていく。

「この先か？　そういえば俺はクー太と念話みたいなもので会話できてるが、ほかの人には声は聞こえるのか？」

『わからないー。たぶん聞こえないとおもうよー』

「そうか。齋藤さんのところへ戻るときは案内頼んでいいか？」

『だいじょうぶー！』

「頼むな」

しばらくすると、ふたりの人間が座り込んでいるのが見えた。休憩しているのだろうか。

俺が立てる音を聞きつけたふたりがバッとこちらに顔を向ける。

俺は、敵意はありませんよアピールのつもりで両手を上げる。

齋藤さんの言っていた特徴のふたりだ。確認しよう。

「森田ミミさんと高山ナオキさんか？」

やっと見つけたふたりに声をかける。

ふたりは顔を見合わせると、警戒した様子を隠すこともなく高山ナオキさんのほうが俺に話しかけてきた。

「あ、ああ。そうだが。そちらは？」

「中野という。年上の方だろうけど、ぞんざいな口調は勘弁してくれ」

「それは構わない。それよりなぜ私たちの名前を？　救助隊や探索隊の方ってわけではなさそうだが……？」

まあこんなワイシャツを着崩した奴を調査隊や探索隊などの人間とは思わないだろう。

確かにその通りだしな。俺は昨日までサラリーマンで、今はただの酒好きテイマーである。

あ、そういえば！　普通に明日までレベル上げするつもりだったが、明日仕事じゃん俺！　電波がないと休むにしても連絡入れられないし、無断欠勤はだめだ。それは譲れない。

ということは、やっぱり齋藤さんと街まで行かなくてはならない。会社に連絡を入れて戻ってこよう。

「ど、どうした？」

突然、自己紹介の途中で頭を抱えはじめた俺を見て、高山さんが何事かと聞いてきた。まあ、そうだよな。怪しさ満載だよな。

うん、気にしないでください。ちょっと自分の考えなし加減に頭痛がしただけだから。

「いえ、なんでもありません」

何事もなかったかのようにキリッとしてみせる。

森田ミミさんと高山さんの視線が痛い……。

「あー、そのあれだ。齋藤……あれ？　下の名前って聞いたっけ？　まあ黒髪の二十歳くらいの女の子に君たちを捜してきてほしいって言われたんだ」

「メイは無事なの⁉」

「ん？　ああ。足首を捻ったらしいが、それ以外は元気そうだったぞ」

「よ、よかった……」

「森田さん。本当よかったね……」

ありゃ？　女の子のほうは泣きはじめちゃった。まああんな大猿に突然襲われて、友人とはぐれたんだから心配だったんだろう。安心して泣いてもおかしくはないか。

「じゃあ、とりあえず齋藤さんのところに戻りましょうか。歩くと一時間はかかりそうですが、怪我とかはないですか？」

「あ、ああ。ありがとう。僕も森田さんも怪我はしていない。それより大きな猿や大きな蜘蛛に追いかけられたんだが、大丈夫だろうか……」

蜘蛛？　見たことないな。大きな蜘蛛ってあれかな？　ハリー◯ッターに出てくるやつみたいな？　さすがにあれがリアルにいたらキモいだろう。

「猿でしたら、ここに来るまでにも七匹くらい倒してますし、大丈夫ですよ」

「倒したって……こ、殺したのか⁉」

「え、ええ」

森田さんも高山さんも信じられないといった感じで目を見開く。

自分たちを追い回したやつが倒されたからびっくりしているのか？

「無闇に動物を殺したのか⁉　そんなことしたら問題になるぞ！」

「え……」

そっちかぁー。何言ってんだろう、この人たち……。なんか助けたくないなー。

「はぁ。大猿にさんざん追いかけられたんだろう？　それに道中にいた大猿の近くには、あいつらに殺されたらしき人もいたぞ。無闇……かはわからないが、殺さず逃げ回るか、殺されるのを待てと？　勘弁してくれ。それで？　動物を無闇に殺す人間とはいられないというなら、齋藤さんがいる方角だけ教えるから、俺は同行しなくてもいいぞ？」

人が殺されていたと聞いて相当ショックなようだ。

「声を荒らげてすまない。それでもやっぱり自分たちだけで行く。失礼だとは思うが、齋藤さんの場所を教えてくれないか？」

「え、でも高山さん……」

「大丈夫だ。ここまでもちゃんと逃げ切れたし。女の子ひとりくらい、何かあれば守るさ」

うーん。俺と高山さんは相性悪そうだなー。

「んじゃあちらへまっすぐ。歩いて一時間くらいだとは思いますが、女性連れでどれくらいかかるかはなんとも言えません」

「ありがとう。それでは失礼する」

高山さんは荷物を担ぎ歩き出した。森田さんは申し訳なさそうにペコリと一礼して、あとを追う。

はぁ。齋藤さんと約束したし、少し離れたところから様子を見ながらついていくか……。

貧乏くじ引いちゃったなー。

ふたりが見えなくなるのを待って、クー太に声をかける。

「クー太。そういうことだからもう戻って平気だぞ」

『わかったー』

はぁ。レベル上げしたいな……。

ふたりに気づかれないように距離を置いての追跡をクー太に任せた俺は、ユラユラ揺れるクー太の二本の尻尾を見ながら歩く。

この尻尾、九本まで増えたりして？　あと七回進化すると完成形ってことだろうか？　気の長い話だ。まあ、どんな進化でもいいが、クー太とランには癒やしでいてほしい。

ここに来るときに大猿を倒しているからか魔物も出ない。ボケーっと歩き続けていると、周りがよく見えてくる。

そういえば、あまり周りを気にしていなかったな。

足首まで草が生い茂り、木は乱立し、木の葉で太陽の光が遮られている。木が倒れ、光が漏れているところもちゃんとあるが。観察してみるとキノコもたくさん生えており、歪な木もある。

これが瞬く間にでき上がったのか？　よく考えたら不気味じゃね、ここ。今までなんで気にならなかったのだろうか。

自分でも平常心ではなかったのか。まあクー太たちが可愛かったり、レベルアップや進化で舞い上がっていたのは否めないが。

へぇ。食虫植物みたいなのもあるな。あれも魔物だったりしてな。

それに虫が少ない……？　これだけ深い森なら虫はたくさんいそうなものだが。齋藤さんにも虫がどうのこうの言ったけど、全然見かけないし、無意味だったかね。そういえば虫刺され跡はあるが蚊などは見かけていない。これは寝ている間のものだろうか。

すごく今更だな。注意力欠如しすぎだろう、俺。

『ご主人さまー』

いやー。これからは周りにも目を向けないとな。思わぬことで怪我をしたりするかもしれないし。死んだ方を見たときに自分の考えの甘さに気がついたつもりだったが、まだまだだったようだ。

『ご主人さまー！』

「ん？　どうした？」

『ご主人さま呼んだのに反応してくれなかったー……』

「まじで？　すまない。考え事していた。クー太の尻尾はちゃんと見ていたぞ」

『尻尾ー？』

クー太は首を傾げながら尻尾をふりふりする。可愛い。

『あっ。そうだ！　後ろのほうから、たぶんお猿さんがくるよー』

「そうか。ありがとう。何匹だ？」

『わからないのー……。多い』

「え？　まじで……？　クー太が判別つかないくらい多いって相当だろ⁉　そいつらはこっちにまっすぐ向かってきてるのか？」

『そうー。もうすぐきちゃうー』

「俺とクー太なら逃げきれるかもしれないが、俺らが逃げたらあのふたりが確実に襲われるだろうしな……」

『どうするのー？』

「迎え撃つさ。ただ自分たちを危険に晒してまで助ける気はないから、危険だと思ったら逃げるぞ」

『わかったー。じゃあ本気でいくねー？』

パッと光るとハクと同じくらいの大きさになったクー太がいた。

え？　大きすぎじゃない？　いや、可愛くないわけじゃないけど、それはちょっと大きすぎる気がします。

てか本気でってて。そんな大きくなれたのか。

「いつの間にそんな大きくなれるようになったんだ？」

『わからないー。なれそうってなんとなく思ったのー』

クー太は感覚派だからな。戻ってランに聞いてみるか。

そんなやり取りをしていたら大猿が見えてきた。

くそ。まじで十匹以上いるんじゃないか？　もしかして、こいつら高山さんたちを追いかけていたやつらとか？

本当、貧乏くじだ。安全にレベルアップしたいのに。

「クー太、無理はするなよ」

『うん。たぶんだいじょうぶー』

「よし、いっちょ頑張るか」

十匹以上の大猿は何が楽しいのかニヤニヤしている。なまじ人に近いせいか表情がよくわかる。ここまで走って追いかけてきただろうに、今はゆっくり歩いている。自分らが優位に立っていると思い楽しいのだろう。

腹立つな、こいつら。こんなやつらは絶対にテイムしない。

さて。囲まれる前にこちらから仕かけよう。

一気に走り出し、一番前にいるやつに体当たりをかました。すぐ後ろにも大猿がいたので、そいつにぶつけて、二匹を転ばして封じる。

追撃しようと思ったが、左からも大猿が来たためそいつに蹴りを入れて動きを止めると、転ばしていたやつを殴りつける。

こんな大雑把な攻撃じゃ気絶させたり、ましてや殺すのは難しいが、最終的に全員動けなくすればいいからひたすら攻める。

離れていれば体当たりをし、近くにいれば殴り、裏拳で引っ叩き、蹴飛ばす。足下が不安定なので踏ん張れず、回し蹴りなどはできないので普通に一度蹴りを入れるだけだが、大猿は結構よろけたり転がったりしてくれる。

「あっ⁉」

三匹同時に相手をしていたら後ろから衝撃を受け、倒れた。体当たりをされたのだろう。自分がしょっちゅうやっていることとはいえ、されるのは腹が立つな。しかも大猿に。

立ち上がり体当たりしてきたやつを倒そうとしたら、今度はほかのやつが突っ込んできた。

「いっつ」

いてぇなおい。

『ご主人さま！』

珍しく間延びしていないクー太の声が聞こえた。心配してくれたのだろう。

俺の周りにいたやつをクー太が吹き飛ばしてくれた。

「助かった」

あとでたくさん撫でてあげよう。

おそらく袋叩きにされてもすぐにどうかなるわけではないほど、レベルアップの恩恵は少なくない。だが体力的にジリ貧にはなっていた可能性はあるだろう。危なかった。

アレだな……。素手で生き物を殺す感覚ってのは嫌なものだ。だからできるだけ吹き飛ばして気絶させるようにしてきたし、恥ずかしいがトドメをクー太たちに任せることも多かった。それは安全に狩りができたから、というのもある。

だが、それじゃあこの状況ではダメなんだな……。

スピードや力は大猿より上なんだ。俺も遠慮なく殺すつもりで全力でやろう。

近づいてきた大猿の攻撃を躱し、殴りつける。倒れたそいつの顔に数発お見舞いし、次のやつへ。確実に殺すつもりで。

先程の二の舞にならないようクー太と離れすぎないよう、囲まれないよう視野を広く持つ。

こんなときだというのに冷静に考えて戦えている。不思議だ。物事を考える余裕も、大猿たちの動きもよく見える。

クー太とともに次々と大猿を倒す。

そしてどれくらい経ったのか、立っているのは俺とクー太だけになった。

「はあはあはあ。あー。くそ。川の水持ってくればよかった」

喉が渇いた。

でもまあクー太は怪我していないし、俺も特に問題はない。体当たりされて転んだが、どこも痛めていない。レベルアップ様様だな。

「クー太おいで」

『ご主人さまおつかれー』

「おう。お疲れ様。さっきはありがとうな」

そう言って頭を撫でてやる。それから耳裏を強めに、そして最後に体を軽く揉みながらマッサージするように。

本当、現状認識が甘い。それを今日、何度も思い知らされた。

まあ性格が変わるわけではないから、また同じように思うことはあるだろうけどな。気をつけるようにしよう。

「さて、クー太には悪いが、魔石を取り出すのは任せていいか？　食べるのは少し待ってくれ。クー太のステータスを見ておくから」

『わかったー。取りに行ってくるー』

「あ、それと殺し切れていないかもしれないから気をつけてくれ」

『だいじょうぶー。狸寝入りくらいわかるー』

狸が狸寝入りを理解するというのも笑えるな。

そういえば何匹いたんだ？　一、二、三……………十六、十七。十七匹かよ。午前中に会っていたら、俺のレベル的に確実に殺されていたな。

さてと、ステータスと。

……俺もクー太もレベルがすごく上がっている。俺は六つ上がってレベル20に、クー太は十も上がってレベル15になっていた。

この前に七匹、さっき十七匹だから倒したのは二十四匹か。クー太とふたりで戦って経験値の分散が少ない分、得られる経験値が多かったのだろう。

俺のスキルは増えていないが、【精神耐性（中）】が【精神耐性（大）】のレベル2に、【回避術】【蹴術】はそれぞれレベル3に上がっているからよしとする。

それよりもクー太だ。いつの間にか進化可能になって★がついている！　レベル上限は15だったのか。

基礎スキルはすべて上がって、【噛みつき】はレベル6に、【体当たり】はレベル3に、【気配察知】

はレベル5になったうえ、新スキルとして【加速】が。助けに来てくれたときに覚えたのかね？

【加速】
・速く動くという意思を待てば速度が大幅に上がる。レベルが上がるほど上昇値も増加。

常時、速さに関する身体能力が上がっているっていうより、スキルとして発動しようと思えば加速ができる、って感じか？　回りくどく感じるが、充分使えるスキルだ。

お次は進化だな！

あ、その前に。魔石を取り出す作業中のクー太に声をかける。

「クー太！　もう進化できるみたいだから、魔石は進化してから食べるといい」

『そうなのー？　わかったー』

「魔石を集めたら戻ってきてくれ。俺は進化先を見ておく」

『わかったー』

○クー太の進化先を選んでください。
・妖狸（三尾）

・大狸
・牙狸
・殺戮狸

四つ……か。結構多いな。基本的な進化先と持ってるスキルに対応した進化先……か？
詳細は？

【妖狸（三尾）】
・特殊な術を使えるようになった妖狸。
【大狸】
・体が大きくなり身体能力が高い種族。
【牙狸】
・牙が伸び、牙での攻撃に特化した種族。
【殺戮狸】

・身体能力が大幅に上がるが理性が薄くなり攻撃性の増した種族。

三尾、か。何尾まであるんだ。でも尻尾が増える度に特殊な術を覚えるとかならかなりいいよな。

【大狸】は……なんだろうか。リスも蛇も猿もどれだけ大きくしたいのだろうか。まあこの選択はなしだな。大きくなっても種族スキルの変化が残ってるなら小さくなってもらえばいいが、変化が消える可能性もあるからな。

【牙狸】は……あれか？　スキル【噛みつき】のレベルが上がったから、選択肢が出たとか？　イマイチだよな～。

【殺戮狸】は却下で。愛らしさがなくなるやつじゃないか。クー太から愛らしさを奪おうとするとか。許さぬ。

まあ【妖狸（三尾）】か【牙狸】だな～。

それにしても特殊スキルの【制限解除】の恩恵はあるのだろうか？　確か進化の幅が増えるんだったよな？

【制限解除】を持ってない妖狸を進化させてみないとわからないな。

また狸とは出会うだろう。そのときもう一匹くらい仲間にしてもいいしな。いや、それともこの森の狸をすべて仲間にして狸軍団ってのもいいな。

まあそれは、おいおいだな。クー太はまだかな？

『ご主人さまー取り終わったよー。そこに集めといたー』

「いつもごめんな。ありがとう」

『どういたしましてー』

「じゃあ進化先の説明をするな」

先程表示された内容をそのまま告げる。

『んー。ご主人さまにまかせるよー?』

「いいのか? コレがいいってのがあれば言ってくれな」

『んー。殺戮狸はいやー。ご主人さまと一緒にいられなくなりそうー……』

ああもう。可愛いなあ……。俺のキャラが崩壊しそうになるわ。撫でながら言ってやる。

「大丈夫だ。俺もそれを選ぶつもりはないし、仮に選んでもずっと一緒にいるさ」

『ならよかったー』

手に頭を押しつけるようにして甘えてくる。よしよし。

んじゃ、進化先は【妖狸(三尾)】だな。

【妖狸(三尾)】を選択、っと。すると光が発生したあと、尻尾が三本に増えたクー太が現れた。

大きさは変わらず、尻尾が少し細くなった感じだ。

九尾の狐はわかるけど、九尾の狸ってのは聞いたことがないな。九尾になるかはわからないけど。

それにしても、俺もクー太も一気に成長したな。戻ったら、ほかのみんなのレベル上げをしなければ。

あっ。そういえば、あいつらはどうした? すっかり忘れていた。

「クー太。あのふたりの匂いはまだ追えるか?」

クー太はクンクンと匂いを嗅ぐ、が。

『ちょっとだけ移動していいー？　お猿さんと血の匂いで難しいー』

「おう。なら、あいつらが向かったほうへ行こう。少し駆け足で進めばすぐ追いつけるだろうしな」

『わかったー』

クー太が集めてくれた魔石を食べさせるのはあとにし、とりあえずポケットに入れておく。

そして少し行ったところでクー太がふたりを見つけたようだ。

『いたよー。止まってるみたいー』

「は？　何やってんだ、あいつら。俺らがいなきゃ死んでるぞ？」

齋藤さん、すまない。君の知り合い、見捨てていいかな？

高山さんが問題か。俺の認識の甘さも大概だが、彼も危機感がまったくないように感じた。しかもなんか面倒くさそうだ。

はぁ。あと少し面倒を見ればそこで終わりだ。と言いたいところなんだが……俺も街に行って会社に連絡したいしなー。食べ物も欲しいし、スポドリとかも飲みたい。

まあ齋藤さんには悪いが別行動で街へ向かうことにしよう。別行動といっても、いちおうハクたちが感知できる範囲で、何かあれば助けに入れるようにはしておくつもりだが。

もう十五時になる。時間を食いすぎたな。ライトなどがなければ、森の中で移動を続けるのは十七時が限度だろう。開けた場所でも十八時が限界か。

日が落ちたらさすがにレベル上げも難しいだろうしな。外灯もないし。月明かりが届く場所を探して魔物をおびき寄せて倒すか、川の近くで火を何カ所か焚いて灯りを確保して戦うか。

それに街まで彼らの速度で行ったら日が落ちそうなんだよなー。あー、もう。

目視されないギリギリの距離までクー太の案内で近づき、彼らが動き出すのを待つ。

『出発したよー』

「よし」

それからまた歩き、十六時になった。

歩くの遅くないか？

『そろそろみんなのところー』

「ならもう見張ってなくても大丈夫だな。まずは誰かと合流しよう」

『ならランがここから一番近いかなー？　向かうねー』

「了解だ」

それからすぐにランと会えた。

『ご主人様！　クー太！　大丈夫⁉　血の匂いがかなりするわ』

「あー、そんなにか？　血はあんまり付いてない、よな？　それに俺もクー太も怪我してないから大丈夫だ」

『だいじょうぶだよー。ただいまー』

「あ、ただいま、ラン」

『おかえりなさい。血の匂いはするわ。怪我がないならよかった。ハクも血とご主人様の匂いに気づいたのでしょうね。こっちに向かってきてるわ』

「心配させたみたいだな」

ハクもか。そんな心配することもないと思ったが、心配してくれたのは素直に嬉しいので余計なことは言わないでおく。

『そうよ。それにしてもクー太！　なんで進化してるの！　やっと並んだと思ったのに！』

『えー？　戦ったら進化したんだよー』

そりゃそうだ。

『そりゃあ戦わないとレベルが上がらないんだから進化できないでしょう！　そうじゃなくて、私たちと別行動してから何があったのよ！』

『んー…？　いろいろー？』

『説明するのが面倒くさいだけでしょう⁉』

『ちょっとー？』

ランがクー太に向かってキャンキャン吠える。今にも噛みつきそうな勢いだ……。そんなに悔しいのか。

「ラン。あとで説明してやるから落ち着け」

『むー。わかったわよ……』

そのあともランが進化についてクー太を問い詰めていると、ハクがものすごい速さで駆けてきた。

ハクは俺の前で急停止し、ジッとこちらを見てくる。

「心配かけたな。怪我はしていないから大丈夫だ。ただいま」

『ご主人様の血の匂いではないとは思いましたが……心配はしました。おかえりなさい』

ハクとランのことを強めに撫でてやる。本当にいい子たちだ。

「クレナイを呼びに行こう。それとアキもな」

『アキちゃんはわかりませんが、クレナイさんはもう気づいていると思いますよ。ただ念のため彼女を見守っているので、こちらへ来るのを我慢しているのでしょう。アキちゃんがひっきりなしに話しかけていましたし、大変だったと思うので労ってあげてくださいね』

ハクの言う通りなら、クレナイには大変な役割を頼んでしまったな。

「ああ。悪いことしたな。ちゃんと労うよ。クー太はクレナイを呼びに行ってきてくれるか？　もう大丈夫だと伝えてくれ」

『行ってくるー』

返事をしてすぐに駆けていくクー太を見送ると、二匹が質問してくる。

『何があったの？　クー太も進化してるし……』

『本当です。血の匂いもしますし、だいぶくたびれているように見えます。彼女のお仲間は見つけたのですよね？　ふたりほど別の人間の匂いがします。なのに別行動しているみたいですし』

ハク、よく見てるな……。

「あー。それはな。途中で合計十七匹……だったかな？　大猿の集団に襲われたんだ。たぶん、あのふたりを追いかけてきたやつだろうな。それと一緒に行動してないのは、俺が魔物を殺すのが気に食わないらしいからだ」

『え……何それ⁉』

『失礼なやつらですね。殺しますか？』

おい。そんな怒るな。それとハク、物騒だし、目が本気だ。やめてくれよ？

「そんな目くじら立てなくていい。俺も腹は立ったが、まあ齋藤さんと約束したからここまで面倒見ただけだしな。もう関わることはないんだ。気にするな」

『ご主人様がそう言うなら……』

ランは『でも……』と呟き、納得できていないようだ。

『仕方ありません……。殺すのは諦めましょう』

ハク怖いぞ？　牙を剥いてそんなこと言わないの。

『それで？　たくさん倒したらクー太のレベルが上がって進化したのね。私も早く進化したいわ』

『そうですね……。私も進化したくなりました。もうクー太さんのほうが強いでしょうし、追いつきたいですね』

体の大きいハクより強い狸か。小さくなった状態のクー太がハクを倒すところを想像すると可笑しいな。

「そうだな。ランには悪いが、制限解除のスキルをクレナイとハクに覚えてほしいから、ふたりが優先だな」

『それはもちろんだわ』

当たり前でしょ、と頷くラン。いくら強くなりたいといっても仲間のこともちゃんと考えているんだな。

『ありがとうございます』

お礼を言いながら、そっと体を擦りつけてくるハク。

「ただもう少し時間がかかるからな……。クレナイとアキが来たら説明するよ」

『ならもう来るわよ』

ん？　むむむむ。はい。気配察知できません。

お。クレナイだ。赤いから、クレナイ自身が隠れるつもりがなければよく見える。

『主様！　おかえりなさいませ。御無事で何よりです』

『ご主人おかえりなのですー』

飛びついてくるのかと思うほどの勢いで俺の前に突っ込んでくるクレナイとアキ。

『連れてきたー』

褒めてほしそうにするクー太を撫でながらクレナイにもお礼を言う。

「ただいま。クレナイありがとうな。アキはいい子にしていたか？」

『もちろんなのです！』

『まあ……少々騒がしかったですが、問題を起こしたわけではありませんので大丈夫です』

「そうか。そういえば魔物は現れたか？」

『いえ、私たちのところには来ていません』

『そうなのです！　わたしの活躍の場がなかったのです！』

アキはそんなに戦いたいのだろうか。

『こっちは大赤蛇が何匹か来たわ。あと黒いのがいた匂いはしたけど見つけられなかった……』

『こちらは大赤蛇と猿が二匹ですね。特に問題はありませんでした』

「そうか。俺らが向かったほうは大猿しか出なかったな。ここら辺から大赤蛇と大猿の縄張りが分かれているのかもな。それに黒蛇は隠密に特化している感じだし、見つけにくいのは仕方ない」

黒蛇は前に会ったやつみたいな性格のものばかりだったらテイムは難しいだろう。

「そういえば齋藤さんは合流できたのだろうか」

『主様。私たちがあちらから離れるときにちょうど合流していましたので大丈夫です』

「ならよかった。じゃあこれからのことなんだが」

みんなが集まる間に考えていたことを話す。

「まず、また別行動になる。俺とクー太で彼らを追いかけながら街に戻り、お前たちはレベル上げを優先してくれ。魔石はクレナイとハクが優先で食べてくれていい。でだ。街に戻って用事を済ませたら灯りを多めに用意して戻ってくるから、そのあとは日が落ちても進化できるレベルに達していなかったらできる限り狩りをする。そんな感じだ。また別行動になってしまうのは悪いな」

『わかったー』

『仕方ないわ。でも、私もついていきたかったわ』

クー太は『はーい』と手を挙げ了承し、『仕方ない』と言うランは、ぷいっと顔を背ける。聞き分けよくてもやっぱり別行動は不満なんだな。

『かしこまりました。頑張りますので主様もお気をつけて』

『怪我せず戻ってきてくださいね』

『またお留守番なのです!? ご主人はやっぱりわたしのこと嫌いなのです……？』

「ラン、すまないな。クレナイもハクもそんな心配せずとも大丈夫だ。アキ、そんなことないと言っているだろう？ 戻ってくるからレベル上げ頑張ってくれ」

こんな予定じゃなかったんだがな。約束したのに無責任に放り出すのは嫌なのだ。まあ齋藤さんからしたら、俺の姿がないので約束を破ったと思うだろうが。

「彼らはまだ移動しないか？」

『んー。あれー？』

俺がそう尋ねるとクー太が不思議そうに首を傾げる。

どうしたのだろうか。そう思っているとハクがその理由を教えてくれる。

『ご主人様。ひとりこちらへ向かってきます』

「え？　なんで？」

『さあ。わかりません。私たちは隠れたほうがいいでしょうか？』

「そう、だな。そうするか」

誰が来るんだ？　とりあえずこちらに向かってきているのが人間なら隠れたほうがいいだろう。

『ご主人さまー。たぶん、さいとうさん？　の匂いだよー』

「そうか。俺を捜しているのか？　いや、でもここにいることはわからないだろうし、とりあえず移動して……」

「なーかーのーさーん！」

っ⁉

俺がここにいるのがわかるのか⁉　【気配察知】のスキル持ちか⁉

『ご主人様もう来てしまいますが……』

「え、あー。くそ。お前たち隠れてくれ」

「あ！　中野さん！　やっぱりいた！　いる気がしたんです！　あの！　中野さ、ん……？」

……遅かったか。

はあ。咄嗟のことでハクたちを隠せなかった。

どうすればいいのかと、問うようなクー太たちの視線が俺に集まり……クレナイ？ クレナイがいない？ いや、それより目を見開いた齋藤さんだな。そりゃあ狸はまだいいとして、体の大きいハクは人によっては恐怖を感じるだろうし、戸惑うよなー。面倒くさい……。

ミスったなぁ。齋藤さんにバレてしまった。

「あー、怖がらないで……」

「お仲間ですか⁉ やっぱりお仲間いたんですね！ 中野さんがいなくなってもなんかずっと視線を感じていたので気になっていたんです！ あぁ！ 綺麗な狼、さん！ きゃー！ 狸さん⁉ リスさん⁉ すごいすごい！ 可愛いです！」

え……？ なんでそんな反応になるの……？

目をキラキラさせながらハクたちを見る齋藤さん。

君、魔物に襲われて怖い目に遭ったんだよね。

理解できなさすぎて頭を押さえる。俺がここにいる気がしたとか、クレナイの視線を感じていたとか…………【気配察知】や野性の勘でもあるのだろうか……。野性ではなく女の勘かね。

クー太たちはまだ、どうするの？ とでもいうように俺のことを見ている。仕方ない、か。

「齋藤さん。この子たちは俺の仲間だから誰にも言わないでくれ。もちろんお友達の彼らにも。お願いできるだろうか？」

「え？ はい。それくらいなんでもないですよ！ あ！ でもでも撫でてもいいですか⁉」

撫でたいのか。齋藤さんならクレナイにも怯えなさそうだな。

「ちょっと待って。もう一匹紹介する。クレナイ」

齋藤さんが現れたときには姿が見えなくなっていたが、俺が名前を呼ぶとすぐに出てきた。

『いいのですか？』

「大丈夫だ。でも咄嗟に隠れてくれてありがとうな」

「わあ！　蛇さん！　真っ赤で綺麗です！　この子もお仲間ですか⁉」

予想通りの反応だな。

「お前たち。この人に触られてもいいか？」

『いいよー』

『乱暴にしないならいいわよ』

クー太とランに抵抗はないようだ。

『私は正直、主様以外に触られるのは……』

『まあ女性ですし構いませんよ』

クレナイは俺以外には触られたくないのか。ハクは言外に男は嫌だと言う。メスだからか？

『バッチコイなのです！』

アキ。バッチコイってなんだ。

「この赤い蛇、クレナイは勘弁してやってくれ。ほかの子は構わないそうだ」

「えええ⁉　中野さんこの子たちとお話しできるのですか⁉　羨ましいです！　ズルイです！」

「いいから落ち着け。撫でていいから話をしよう」

「あ、はい！　すみません……」

「それでだ。何から話すかな。とりあえずふたりを送り届けた、というよりも、君が待っている場所の方角を教えて、猿とかに襲われないよう見守りながらここに戻ってきたが、それは彼らが俺猿たちを殺したと言ったら反発して、俺とは一緒にいたくないと判断したからだからな。君もそう思うなら今すぐ戻って街にかえ……」

「なんですかそれ⁉　助けに来てくれたのに、そんなこと言ったんですか⁉　まさかミミちゃんも⁉　あとで文句言っておきます！　私、自分で生き物を殺すとかは想像できないし、たぶん無理ですけど、それでも殺す気で襲ってきた猿を殺したからなんて」

おおー。この子、阿呆っぽく見えて意外と現実見てるのな。彼らへの怒りゲージが下がったよ。

「それでだ、君らが街へ行くまで少し距離を保って送っていこうと思っていたんだ。俺もやることがあるから街に行くなら早く移動してほしい」

「あ、ごめんなさい。というか、そこまでしていただかなくても！」

「俺も、彼らだけなら悪いが見捨てている。けど君とは森を出るまで送ると約束したからな。途中で放り出したりはしない」

「ありがとうございます……。でも本当ごめんなさい。あのふたりを守ってくれて、そして私のことも守ってくれてたんですよね？　感じた視線があの赤い子……クレナイちゃん？　君？　のものでしたし……。本当ありがとうございます」

まじでこの子何者だ？　アキならまだしも隠密持ちのクレナイに気づいていたのか……。

「彼らには私から言いますので、街へ行くなら一緒に行きませんか？　あっ。でもこの子たちのことは秘密でしたね……」

クー太たちを見せる気はないし、別にわざわざ一緒に行く必要もないが……。

「もとからこの子たちはここら辺で待っていてもらうつもりだったから、彼らが納得するならそれでいいぞ」

「ありがとうございます！　じゃあ中野さんも忙しいみたいですし早く行きましょう！　狸さん、リスさん、狼さん、クレナイちゃんありがとうね！」

「ああ。もうバレたから紹介するが、狸のこっちがクー太、こっちがランだ。狼はハク、リスはアキで、蛇がクレナイだ」

「私は齋藤メイです！　みんなよろしくねっ」

「それとひとついいか？　なんで俺がここにいるとわかったんだ？」

「それは……ふたりと合流して中野さんと会ったか聞いたんです。そしたら、会ったけど方角だけ教えてもらっただけで一時間以上もふたりで歩いてきたって言うので……一時間以上、しかも歩きながら進んで一度も何にも襲われなかったのは不思議だな、と。そしたら感じていた視線が消えたのでこっちに来れば中野さんがいる気がして、お礼を言いにこちらへ」

「気配察知とかスキル持ってる？」

「スキル？　ってなんですか？　あ、もしかして！　ステータスオープン！　……」

スキルって言ってもわからないか。なんて思ったら、突然「ステータスオープン」と声を上げる齋藤さん。

「ハクちゃんやクレナイちゃん、あの猿や蜘蛛みたいなのがいるからファンタジーな世界になったのかと思ったのに……」

わあお。この子、アニメや漫画好きなのか順応がめちゃくちゃ早い。まあ俺がクー太たちと話せることを変な目で見るどころか、疑いもしなかったしな。

器が大きいのか阿呆の子なのかわからんけど……いや、アキと近い匂いがするし後者だろう。

まあこれならこちらも説明が楽だ。

川でペットボトルに汲んでおいた水を少し飲みながら説明する。

「ステータスはあるよ。漠然とステータスオープンと言うんじゃなく、自分の、齋藤メイのステータスをって気持ちを強く持って、ステータスオープンって言ってみて」

「はい！　私のステータス、オープン！　わっ!?　なんか出ました！　すごいすごい！」

「それはよかった。でも俺からは見えないんだな」

「そうなんですか？　あ、気配察知はないです。けど、直感ってスキルがありますよ！」

【直感】……ね。やっぱり勘の類いか。

「直感の詳細を見たい、と念じてみて」

「直感の詳細オープンッ！」

そんな力んで口にせんでも……。

それよりあまり遅いとあのふたりが様子を見に来そうだし、これ確認したらすぐ出発したい。

「出ました！　レベルが上がるほど勘が当たりやすくなるそうです！」

予想以上にすごいスキルだった。勘が鋭くなる程度だと思ったのだが……。俺を見つけたのもそうだが、「ファンタジーな世界に」というさっきの発言もそういう勘があるからなのかもな。

「そうか。まあステータスの見方はそんな感じだ。それに君が俺らを見つけられたのも納得した。そろそろ彼らのところへ戻って移動しよう。あまり遅いと彼らがこちらに来てしまうかもしれないし、それにもう十六時を過ぎているし、日が落ちてしまう」

「あ！　ごめんなさい！　じゃあ行きましょう！　みんなまたね！」

「予定変更だ。クー太も、ラン、クレナイ、ハク、アキとレベル上げしていてくれ。ただ無理はせず、日が落ちたら狩りは控えておけよ。俺が近くに来たのがわかったら集まってくれ」

『がんばるー。あ、それとアッチの方向に行けばボクと会ったところだよー』

クー太……あっちと言われても……。移動したらわからなくなりそうだが、いちおう方角も気に留めておくか。

『わかったわ。ご主人様も気をつけてね』

『かしこまりました』

『おひとりで大丈夫ですか？』

ハクは本当に心配性だな。

『いってらっしゃいなのです』

お。アキが普通に送り出してくれるとは。捨てられるとか言うかと思った。

「ああ。大丈夫だ。それに今ならここらの相手なら逃げれば振り切れるだろうしな」

「はぁー。本当にお話ししてる……。いいなぁ……」

なんかめっちゃ羨ましそうにしているがスルーする。変な目で見られないのはありがたいが。

置きっぱなしにしていた鞄を拾い上げ、齋藤さんに声をかける。

「じゃあ齋藤さん行こうか」

「はい！」

クー太たちと別れ高山さんたちのもとへ向かうと、ふたりは驚いたように目を見開く。

「中野さんは、遠くからミミちゃんと高山さんに危険がないか見守ってくれてたんですよ！　私も助けてもらいましたし。だから一緒に街に行くことにしました」

「え……。ついてきてたの……？　気づかなかった……」

「追いかけてきていたのか⁉　メイちゃん、彼は動物たちを殺したんだ。危ないから……」

「何言ってるんですか⁉　中野さんが猿を倒してくれてなきゃ、今頃私たち猿に襲われていたかもしれないんですよ⁉」

「だ、だが……」

「俺を警戒するのは構わない。ただ、こちらにも事情があってな。齋藤さんから誘われたので一緒に街には行くが、できるだけ離れて行動するから気にしないでくれ」

「それならば……」

高山さんはしぶしぶといった感じだが、頷く。

「中野さん……」

「齋藤さん、構わないよ。それより早く移動しよう」

申し訳なさそうな視線を向けてくる齋藤さんに、気にしていないというように肩をすくめ、移動を促す。

「わかりました。ミミちゃん、高山さん、行きましょう」

「わ、わかった」

「う、うん」

森田さんは自己主張が弱いのか、人見知りなのか、全然喋らないな。初めは俺を警戒して高山さんに会話を任せていると思ったのだがどうやら違うようだ。

日が完全に落ちる前に戻ってきたいなー。

街に向かって移動を始める。齋藤さん、森田さん、高山さんが前を歩き、俺はその後ろを十五メートルほど空けてついていく。

いちおう方角を間違えていたら口を出すつもりだったが、大丈夫そうだ。

街に行ったら近くにホームセンターあるかなー。徒歩で厳しい距離だったらタクシー捕まえるかね。それとも今なら走ったほうが速かったり……？　一度全力で走ってみたいな。

小型の照明をいくつか買っておけばある程度の範囲は照らせるかな？　火事にならなそうなところがあれば火も焚いて。

理想は、俺が戻るまでにクレナイとハクが進化可能になっていることだよな。そしたらレベル上げを焦る必要もないし。

………あ。ポケットが重いと思ったら、クー太と一緒に倒した大猿の魔石が入っている。

あー。渡すの忘れた……。

ポケットから魔石をひとつ取り出し、残りは鞄の小さなポケットに放り込む。

手でコロコロ転がしたり、裾や袖で磨いてみたり。特に何かが変わるわけじゃないが暇なので、ただの手慰みだ。

これ……食べられるのだろうか？　でも、洗ってないからな……いや、水で軽く流して擦って食べてみる、か……？

ペットボトルの水をかけて、服の比較的汚れていない部分で擦っていると声をかけられる。

「中野さん？　何やってるんですか？」

齋藤さんと森田さんが目の前にいた。

高山さんのこと放っておいていいの？　仲間外れにされるの嫌がるタイプな気がしたけど。

「暇だったんでな。特に意味はないから気にしないでくれ」

魔石をポケットに仕舞う。

「それでどうしたんだ？」

「少し休憩しませんか？　私もまだ足が痛みますし……。あとは……ほら」

そう言って齋藤さんが森田さんの背中を押す。

「さ、先程は失礼な態度を取ってごめんなさい。助けてくれていたって聞きました……。ありがとうございます」

森田さんは深く頭を下げた。ちゃんとお礼と謝罪ができる相手なら俺も苛立ちをいつまでも引きずることはない。

「そうか。謝罪も感謝も受け取るから気にしないで大丈夫だ」

できるだけ優しく言うと安心したのか、ふぅと息を吐いた。

「じゃ、じゃあ高山さんのところに戻ります」

森田さんの背中を見送っていると、齋藤さんが口を開いた。

「中野さん、ごめんなさい。ミミちゃん人見知りで……。悪気はないと思うんです」

「ん？　ああ。それは気にしてないよ。それより休憩だっけ？　あまり長くは勘弁してほしいが、何分か座って水分補給するくらいなら構わない。それでいいか？」

「はい！　中野さんはこっちには……」

「あぁ。行かないかな。どうも高山さんとは相性が悪いみたいだ」

「……なら！　はい！　飴ふたつあげますね！　ついてきてくれてありがとうございます！」

齋藤さんも小走りで戻っていった。

気を使わなくてもいいんだが。飴を口に入れて近くの木に座らずにもたれかかる。

いつ着くのやら……。十八時には街に着くだろうが確実に日が暮れるなぁ……。

ボケーっとしながら彼女らの休憩が終わるのを待っているとガサガサと音が聞こえた。

魔物か？

何かあったときのために彼女たちのほうへ向かう。

「あれ？　中野さんどうされたんですか？」

「風とかじゃない、不自然な音が聞こえたからな。魔物が出たら対応できるようこちらに来た」

「!?　またあの猿ですか……？」

「え……」

女性ふたりは不安そうにする。高山さんは何も言わないが顔が強張ったのがわかった。

「いや、たぶん蛇とかだろう。ここらで猿は見かけたことがないしな」

「え、それって……」

クレナイちゃんみたいな蛇ですよね？　って言いたそうな齋藤さんに頷いておく。

森田さんと高山さんは蛇と聞いて安心したようだ。

感覚麻痺してないか？　まあ、あの大きな猿に集団で襲われたなら蛇くらい、と思うかもしれないが、体長一メートルくらいの蛇だからな。

普通の蛇だって毒持ちがいるし、安心できる要素はないと思うのだが……。

その場で少し待ったが何も現れない。

「すまない。勘違いだったみたいだ。そろそろ移動しないか？」

「いえ、何も出ないに越したことはないです」

「無闇に彼女らを不安にさせるようなことは控えてくれ。その格好を見るに別にその道のプロというわけではないのだろう？」

「あ、あの高山さん……」

「森田さんもはっきり言っていいんだからね」

こいつは何を言っているんだろうか。森田さんは高山さんを止めようとしたみたいだ。齋藤さんは信じられないといった表情で高山さんを見ている。

「それはすまなかった。それよりも移動しよう」

「ふん」

本当この人はなんなのだろう。まあいい。あと少しの付き合いだ。

変な空気のまま、先程と同じく俺だけ少し離れて移動を開始する。

少しすると齋藤さんがこちらへ来た。前のふたりは止まらず歩いているので、何かあったわけではないだろう。

「どうした？」

「中野さんが暇しているだろうと思って、話し相手になってあげにきました！」

そんな気遣いしなくていいわ……。

「いや、構わないから戻れ」

「嘘です嘘です！　邪険にしないでください！　クー太ちゃんたちのことを聞きたかったのです」

クー太のあたりは声を抑えているところを見ると、バレないように気は使っているようだ。

「何を聞きたいんだ？　俺も今日出会ったばかりだし、そんな多くは答えられないと思うぞ？」

「あ、それです。今日出会ったって、木や草が急成長して、動物たちが大きくなって襲ってくるようになってから、ってことですよね？」

「そうだぞ」

といっても、草木が成長する様子を見たわけではないが。

「あの猿たちや蜘蛛はどう見ても友好的ではなかったですけど、中野さんの仲間は違ったんです？」

「いや、クレナイやハクとは戦いになったぞ」

殺す気で襲われたな。

「え、だ、大丈夫だったんです？　かなり強そうでしたよ？」

「まあなんとかな」

「そうなんですか？　あ！　そしたらクー太ちゃんとランちゃん、アキちゃんは？」

「クー太は近づいてきたから菓子パンをあげたら懐いて、ランは魔石、魔物の体内にあるエネルギーの塊みたいなものだな。それをあげたら懐いた。アキはクレナイが咥えて持って帰ってきてくれたから、仲間になるか聞いたら仲間になった、という感じだな」

「何、魔物を餌付けしてるんですか……。というかアキちゃん哀れです……」

「俺も少しそう思う」

言葉にするとアキは哀れというか、不憫というか……。

「あ、それでですね。ステータスのこととかミミちゃんたちに話してもいいですか?」

「好きにして構わないぞ。あ、でも街に帰ってからな。また足止めを食らうのは勘弁だ」

今そんなことされたら、いつになったら街に行けるのかわからない。俺がいろいろ教えなきゃいけなくなりそうだし面倒だ。

「わかりました! あと、さっき自分のステータス眺めていたんですが、職業ってあるじゃないですか? 設定の仕方がわからなくて。中野さんの職業はテイマーとかサモナーとか召喚士ですか?」

「俺はテイマーだな。職業設定したいと念じれば候補が出るぞ。俺の予想なんだが、覚えているスキルに影響されるんじゃないかと思う。だから、もしなりたい職業がなければすぐに決めることもない。たとえば料理人になりたいなら、料理スキルを覚えれば候補に出てくるはずだ」

たぶん、そうだ。

「中野さんすごいですね。めっちゃ適応してるじゃないですか。レベルの上げ方はやっぱり魔物を倒すことです?」

「そうだな。これもちゃんと検証したわけではないが、自己鍛練や模擬戦でもレベルは上がる。模擬戦は魔物相手じゃなきゃ上がらないのか、人との模擬戦でも上がるのかはわからないが」

「へえ。私もいろいろ試してみますね！」

「歩きながらステータス確認して転ぶなよ？」

「大丈夫です！」

この子なんか危なっかしいんだよな……。

そのあとはクー太たちはどんな子か、話せるようになって楽しいか、などクー太たちについてものすごく聞かれた。

まあ確かに暇つぶしにはなったたな。本当に気を使ってくれたのだろう。

さて、だいぶ歩いたがいまだに大赤蛇も魔栗鼠も魔狸も出ない。というか生き物が出てこない。なぜだろうか……。ここまで出ないと不気味だ。

「結構歩いたな。足は平気か？」

「あっ。うーん。まだ痛みますけど、クー太ちゃんのお話聞いていたら痛いの忘れてました！」

この子やっぱり阿呆だろう。

今は……十八時前か。戦闘もなかったし、そろそろ街が見えてもいいと思うのだが。でもどこまでこの森が広がってるかもわからないんだよな。

俺が初めにいたあたりから、クー太とランが人の匂いを感じ取れると言っていたよな。だからそこから二、三十分歩けば外に出られると考えていたのだが……。俺が移動するときに付けた印が見つからない。まあ棒にビニール袋を結んだ程度の目印だしな。少し離れれば見えないし、風で飛ばされたかもしれないから当てにはならないか。

「休憩はいいか？」

「はい！　そろそろ着く気がしますし！」

【直感】スキルを持っているこの子が言うのだ。本当にもう少しで着きそうだ。

「メイちゃん！」

高山さんが齋藤さんを呼ぶ。

なんであいつ、齋藤さんは下の名前で森田さんは名字で呼んでいるのだろうか？　よくわからない奴だ。

「呼ばれたので行ってきますね。どうされましたー？」

齋藤さんが駆けていった。足は大丈夫そうだな。何か話したと思ったら齋藤さんがこちらに声をかけてきた。

「中野さん！　あそこ！　外に出られそうです！」

少し左前を指差すのでそちらを見てみると、確かに木々の切れ目のようなものが見える。あの先がただの広い空間じゃなきゃいいが。

早足で向かう三人を追いかけると外に出た。

え……？　確かに外には出た。が、なんだこれ？

建物を貫く形で木が生えていたり、アパートらしきものがあるのだが、一面緑だ。苔、か？　木に貫かれた家は半分くらい風化したかのように崩れている。瓦礫とかはあまり見当たらない。

齋藤さんは俺たちがいたところも建物や道路があったと言っていたが、何も見当たらなかったので半信半疑だった。しかし納得してしまった。木々や草花が生えたところは、そこにあった人工物が崩れて失くなっていったのだろう。

それと同時に恐怖を感じる。俺こんな状況で寝てたんだよな……？　俺も木に貫かれたりして死んでいた可能性もあったのだろうか……。

呆然としている三人に近づき声をかける。

「人はいなそうだ。もっと先まで行ってみよう」

「は、はい……」

「これって……」

齋藤さんと森田さんは返事はすれど呆然としている。仕方ないか。

「な、なんで君は冷静なんだ！」

「俺に怒鳴られても困る。ここでジッとしていてもどうしようもないことくらいわかるだろう？」

「そ、そうだが」

三人を促し移動する。そのとき、視界の端に動くものが映ったのでそちらを向く。

何も、いない？　いや、確実に何か動いただろう。

「先に行ってくれ。少し気になることがあるから、あとから追いかける」

「わ、わかりました！　気をつけてください」

齋藤さんに見送られ、その場から離れる。

高山さんは訝しげだが何も言わない。

右側の崩れた建物付近だ。何が出ても反応できるよう慎重に向かう。

ふむ。建物の周りには何もいないし、中か？　でもこれ入ったら崩れるだろう。

「おい。誰かいるんだろう？　出てきてくれないか」

声をかけてみるが反応はない……。どうするかなー。絶対何か動いたと思ったんだが。崩れた瓦礫が落ちただけか？　と思ったら、建物を貫いた木の陰から何か出てきた。

「っ⁉」

黒蛇だ。びびった。咄嗟に構えるが襲ってくる様子はない。こいつ……もしかしてあのときの蛇か？

「仲間になるか……？」

《黒蛇が仲間になりたそうにしています。テイムしますか？》

【Ｙｅｓ　ｏｒ　Ｎｏ】

まじか。Ｙｅｓで。

《黒蛇が仲間になりました。テイムした魔物に名前をつけてください》

おお……。テイムできた。

前に会った黒蛇と同じくらいの大きさだ。いや、同じ個体か？

『？？』

「よろしく頼む。それで、前に会ったことがあるか？」

『ある。ずっと見ていた。テイム？　された？　なんか変な感じ』

「ああ。そういえばクー太が黒蛇がいるようなことを言っていたな。変な感じとは？」

『殺さずにいてくれた。だから、お礼。あとテイムされたら頭からモヤが取れた感じ』

ふむ。モヤね。やっぱりテイムされると自我がはっきりするのだろう。

「お礼？　まさかクー太たちと別れてから魔物に遭わなかったのって君が倒していてくれたのか？」

『そう。でもそんなたくさんはいなかったから問題ない』

淡々とした話し方だが、話すのが苦手なのだろうか。

それにしても一度はテイムを拒否したのになんでまた……。

「君はテイムされるのを拒否したよな？　なんで今になって仲間になろうと？」

『ずっと見ていた。命令されて死んでいくだけの下僕にはなりたくないから断った。けど、あなたは仲間に優しかった。赤いのも白いのも茶色いのもみんな楽しそうだった。だから仲間になった』

赤いのはクレナイで、白いのがハク、茶色いのはクー太とランとアキか。

それにしてもずっと見られていたのか。気づかなかったな。いや、ハクとクー太は気づいていたかもしれないが、害はないと判断していたのだろう。

「俺にとってテイムした魔物は、ペットでもあるし仲間でもあるし、弟や妹……はいないが、そんな感じだろうと思うことができる家族だ。だから無理やり命令したりはしないから安心してくれ」

『ん。それは見ててわかった。だからこれからよろしく』

「おう。よろしくな！　名前を考えないと。ステータスを見ていいか？」

『いい』

個体名【未設定】
種族【大黒蛇】
性別【メス】
状態【 】
Lv【10】
・基礎スキル：【噛みつきLv3】【隠密Lv5】【気配察知Lv3】
・種族スキル：【潜影】
・特殊スキル：
・称号：

おおー。強くね？　このレベルなら初めて会ったときにもっと苦戦してもおかしくなかったと思うのだが……。隠密に特化したクレナイといった感じか。

スキルの詳細を見る前に名前だな。普通にクロでいいかな。安直ですが何か？　暗殺者っぽいからアンとか？　クロのほうがいいだろう。聞いてみよう。

「クロとアンならどっちがいい？」

『なまえ？　クロ』

「了解。ならクロ。これからよろしくな」

『よろしく』

んでステータスか。あいつらを追いかけなきゃいけないけど、どんなことができるかは見ておきたいしな。【噛みつき】【隠密】【気配察知】は見なくていいだろう。

【潜影】の詳細表示。


【潜影】
・影に潜むことができる。潜んだ影が動けば一緒に移動できるが、自ら移動することはできない。

ん？　俺の影に入って俺が歩けば移動はできるけど、影から影に移動はできないってことか？

まだイマイチ有用性はわからないが、今、この状況では使えるな。

あ、光の影響で影がなくなったりしたらどうなるんだろうか。それと夜とか。

いちおう、そういう状況のときはどうなるか聞いてみた。

『ん。少しでも影があれば入ってられる。まったくなくなると外に出るしかない。夜でも光があればご主人様の影はあるから問題ない。問題があれば外に出てればいい』

意外と融通が利くのか？

あ、鞄に仕舞った魔石あげるか。意外とコレ重いんだよな。

「クロ、コレ食べないか？　クー太たちに渡し忘れていてな」

『クー太？　茶色い三尾？』

『ああ。そうだ。三尾がクー太、二尾がラン。赤いのがクレナイに白いのがハク。んでもう一匹の茶色いのがアキだ。戻ったら仲よくしてくれな」

『大丈夫。みんな優しそうだった。でも』

「ん？　でも？」

『アキ？　アレはたぶん苦手。うるさい』

「ははっ。まあそこは仕方ないな。できるだけ仲よく頼むよ」

アキのことを遠目でしか見ていないクロにもそう言われるとは。笑ってしまった。

まあアキだしな。アレもアレでいいキャラしている。

「それで食べるか？」

『ん。食べていいなら』

「ほら、どうぞ」

手に載せてクロの顔に近づけてやる。

パクッ。ポリポリ。パクッ。ポリポリ。

ひとつずつ口に入れて食べる。なんか可愛いな。そーっと頭を撫でてみる。

ピクッ。

少し反応したが拒絶はされなかった。食べている最中にやることじゃなかったが、つい撫でたくなってしまったのだ。

『ありがとう。なんか体が熱い？』

半分ほどで食べるのをやめた。

熱い？　咄嗟にステータスを見てみると【エネルギー過多】の表示があった。

おお。あとはレベルだな。二回目の進化なら15でできるはずなんだが……どうだろうな。

あ、あいつらを追いかけなきゃ。

「大丈夫だ。体が進化できる状態になったってことだ。だから心配するな。それよりも先程の三人を追いかけるから影に入ってもらえるか？」

『ん。わかった』

クロは頭からスルスルと俺の影に潜る。影の中はどうなっているんだろうか……。俺も入ってみたいな。涼しかったりするのだろうか？

ああ、いや、とりあえず早く追いかけないとな。

小走りで、齋藤さんが向かったほうへ行く。

……似たような光景ばかりだ。人の気配がしない。それに齋藤さんたちも見当たらない。クロと会ってからそんなに時間は経っていないし、遠くに行ったとは思えないのだが……。

「クロ。影に入った状態でも話せるか？」

クロに【気配察知】で見つけてもらおうと声をかけると、影から頭だけ出てきた。

『無理。顔出さないとこちらの声は届かないみたい。聞くことはできる』

「了解。なら一回出てきて気配察知であの三人を捜してみてくれないか？」

『わかった』

影からスルスルと出てきたクロは、頭を持ち上げ周りを窺った。

『少し離れてる。ついてきて。近くまで行ったら私は影に入る』

「ありがとう。頼むよ」

クロの後ろをついていく。来た道を戻り脇に逸れる。

『あそこ』

そう言ってクロは影に戻っていった。

あそこって……コンビニか？　蔦が絡まっていて見にくいが、辛うじて見える看板からコンビニだろうと判断する。

あー、確かに水分とか補給したいだろうしな。にしたってクロがいなきゃ完全に見失ってたぞ。森を抜けたから、わざわざ一緒に行かなくてもいいっちゃいいのだが。

ただもう日も暮れるからな。齋藤さんと森田さんがどうするのかだけ気がかりだ。高山さんはどうでもいい。

俺も何か飲み物が欲しいので、コンビニらしき建物に入る。でも店員がいなそうだよな……お金を多めに置いていけばいいか。防犯カメラにちゃんとお金を置いているところが映っていれば、のちのち問題になっても大丈夫だろう。

「あ！　中野さん！　通りを進まずこっちに来てごめんなさい。気づいてもらえてよかったです。あの……高山さんがミミちゃんを引っ張るような形でこっちに来てしまったので……」

後半は小声で聞こえないように。

あー、俺と行動したくなくて、俺に見つからないよう脇に逸れたのか？　なんでそんなに突っかかってくるのだろうか。

早めに別れたほうがいいな。

「大丈夫だ。これからどうするか決めたのか？　そろそろ俺は別行動させてもらおうと思っているが……。正直余計なことかもしれないが、高山さんとは早く離れたほうがいい気がする」

「はい……。私もそう思うんですが、ミミちゃんが強く出られなくて……」

「よくここがわかったね？　水分補給しなければならないと思ってコンビニに寄ったんだ。捜したなら悪いことをしたね」

俺に気がついた高山さんが話しかけてきた。最初のイメージと違うよな。はあ。こういうタイプはあまり関わりたくないのだが。

「いや、大丈夫だ。俺も水分補給したら出発するし。街までの約束だったしな」

「そうか。でも君についてきてもらわなくても問題はなかったけどね？」

なんか初めの頃より露骨になりすぎじゃないか？

まあいい。ここでお別れだ。

返事をせず籠を取り、ドリンクコーナーに行きスポーツドリンクを籠に入れる。ほかには菓子パンをいくつか入れてレジに向かう。やはり店員はいなかったので計算して少し多めにお金をレジのある場所に置いておき、品物を鞄に詰める。

「それは窃盗じゃないのか？」

「この状況なら仕方ないだろう。お金も多めに置いたしな。そういうあなたたちだって同じだろう？」

「僕は店員が戻ってくるまでここにいるつもりだからね。そのときに直接渡すさ」

店員ねぇ。状況が理解できないのだろうか。ここにいても明日明後日に戻ってくるとは思えない。

「そうか。まあ問題になったら自分から警察に行ってお店にも謝罪するさ」

「ふん。そうか」

そのまま高山さんの横を通り過ぎ入口に向かうと、そこには森田さんと齋藤さんがいた。挨拶くらいしておくか。

「じゃあここでお別れだな。気をつけるんだぞ?」

「あ、あの本当に行っちゃうんですか……?」

「そうですよ！　一緒にいませんか?」

「俺もやることあるしな。すまない。それにここで数日も待つなんて、無意味としか思えないしな」

「ですよね……」

「そ、そうですよね……」

「あ！　なら連絡先、教えてください！　今度お礼しますから！」

「いや、気にしなくていいんだが」

「いいじゃないですか！」

「あ、あのだったら私も……」

「はあ。わかった」

携帯を出しSNSアプリを開く。登録用のQRコードを表示させふたりに見せる。ふたりが登録すると俺のほうにも通知が来たので、友達登録をしておく。

高山さんは面白くなさそうにこちらを見ていた。

ピロンッ。

ん？　齋藤さんが送ってきたのか。

『もし可能なら、ですが、ミミちゃんとふたりで中野さんについていってもいいですか？』

この子は何を言っているのだ。首を横に振ると、齋藤さんは俯いてしまった。

高山さんと行動するのは不安なうえに、このまま駅に向かっても交通機関などが正常に動いているかわからないので、それなら俺と一緒に行動したほうがマシだと考えたんだろう。だが俺と来ても明日まで森の中だ。それよりここで一晩明かしたほうがいいと思う。

「じゃあ行くな。ふたりとも本当、気をつけてな」

そう言い残し、店を出た。

第四章

日本中がこんな状況なら無意味かもしれないが、いちおう会社に電話はしておくべきだろう。

コンビニから少し離れたところで携帯を開き、電波の確認をすると、ちゃんと電波が通っていた。

一日以上充電していないから電池の残量は心もとないが、電話するのに支障はなさそうだ。

会社の番号を出す。コール音が鳴り続け留守電に繋がった。もう一度かけてみても同じなので、今度は上司の携帯番号を電話帳から出し、かける。

何度かコール音が鳴り、電話が繋がる。

「あ、中居部長ですか？　中野です。お疲れ様です。今お電話、大丈夫でしょうか。明日の出勤についてお話ししたいのですが」

そう言うと、中居部長はわずかに間を置いて正気を疑ってきた。

『……中野……正気か？　それとも酔ってるのか？』

……酒酔いの異常状態は消えてるよな？　つい確認してしまった。

『今、世界がどんなことになってるか知らないわけじゃあるまい。会社はどこも休みだ』

「え？　あー。ちなみにどうなってるんです？　お恥ずかしながら今日はテレビも新聞も見ていないもので」

『冗談だろう……？』

「いえ、本当なのでぜひ教えてほしいです」

『はぁ。どうせまた飲みすぎたとかだろう。こんなときまで暢気なのは尊敬するよ』

褒めているわけではないだろうが、理解があって嬉しい限りだ。

『……まず植物の異常発生と異常成長。野生動物が増加し、見たこともない生き物が至る所に現れた。これも知らないか？』

「あ、いえ、なんとなくは」

『そうか。うちの会社だが、突然現れた蔦に覆われていて、入ることもままならない状況だ。あとは飼い犬やら飼い猫、野鳥や動物園の動物もだったか？　世界中でそういった動物が凶暴になったそうだ。小型の動物はかなりの数が突然死したらしいが。社長の自宅で飼っていた大型犬も凶暴化し、襲われた社長は大怪我をして入院だ。会社はもうダメかもな。まあうちだけではないが』

あらま……。ずいぶんと大事になってるんだな。

「了解しました。あ、じゃあもし会社が再開するようなら連絡網とか回りますかね？　ちょっと用があって明日は出勤できない連絡をするつもりで電話をしたもので」

『お前な……。今、非常事態宣言が出て外出を控えろとなっているんだぞ。外出したってどこもやってないしな。食材などは各市町村が配給してくれるらしいが、それも怪しいもんだ』

配給する余裕あんのかね？　物資があっても車が通れる状態でもなさそうだし……。路面のアスファルトはめくれていたりするし、そこから生えた木々、瓦礫や放置された車などを見て、これじゃ配給しに来るのも大変だろうと思う。

「あぁー……わかりました。教えてくださりありがとうございます。部長も体調にはお気をつけてください」

『ああ。中野、お前もな』

「はい。それでは失礼します」

電話が切れる。

ふーむ。だいぶ大変なことになっているな。というか齋藤さんたちはこの状況を知らなそうだな。知っていれば、店員が戻るのを待つなんて世迷言を言っている高山さんと一緒にはいないだろうし。家族とかに電話したりしていないのか？

連絡先を交換したことだし、いちおうメッセージを入れておいてやるか……。

部長から聞いた内容を要約して齋藤さんへ送る。コピーして森田さんにも同じ文面を送信、と。

これくらいしかできないが、まあできることはやった。

それにしても……ホームセンターやってないよなぁ……。タクシーもいなそうだし。飲み物と食べ物が手に入っただけマシか。目的の照明器具は手に入らなかったが……。

戻るか。

『ご主人様』

「ん、ああ。クロか。もう出てきていいぞ」

『ん。さっきの人たちはいいの？　私が見張っててあげようか？』

「あー。その選択肢もありか。だがクロにはみんなを紹介したいし、進化もしてほしいんだ。このまま行こう。暗闇でも移動は大丈夫か？」

『わかった。大丈夫』

ピロンッ。

メッセージの着信音が鳴る。齋藤さんたちかね。

そういえば、両親から安否を確かめるようなメッセージが入ってたな。両親へ無事であることを報告し、そちらは問題ないかと尋ねる内容のものを返信する。

んで齋藤さんはなんだろうか。

『両親に連絡してみたところ中野さんが教えてくれた内容とほぼ同じことを言われました。電車も動いていないみたいですし、正直高山さんと何日も過ごすのは不安です。やっぱりついていっちゃだめですか？　ミミも同じ意見です』

はぁ。まあそうなるわなー。でも俺も男だから警戒したほうがいいと思うが、彼と比較すれば安全に見える、のか？

あー……もう。ここで突き放すことができれば送り届けたり、友達を捜しに行ったりなんてしてないわ。くそ。

『今日は野宿になるが、それでもいいならば。さっきの通りにいる』

そう返事をすると、すぐ向かう旨が送られてくる。

はー。何やってんだ俺は。頭をガシガシ掻きながら待つ。

「クロ、おいで」

クロを近くに呼び、撫でる。意外とすべすべしていて触り心地がいいのだ。はぁ。クー太たちに会って癒やされたい。

数分クロを撫で、どこが一番気持ちよさそうにするかわかってきた頃、突然クロが影に隠れた。

そしたらすぐ足音が聞こえてきた。

「中野さんお待たせしました！　高山さんがトイレに行ったタイミングで出てきたので、少し遅くなりました」

「よ、よろしくお願いします」

「おう。森田さんも俺のほうに来て本当によかったのか？」

「高山さんなんか怖いんです……」

そ、そうか。同意してついてきたなら構わない。

「あ、そうだ。ライトとか持ってるか？　携帯のでもいいが」

「ありますよ！　私もミミちゃんもライトは腰にずっと下げていましたよ？　それにコンビニから電池も取ってきました」

へえ？　登山にライトって必要なの？　まあいいか。持ってるなら都合がいい。

「森に向かうがいいか？」

「はい！」

「え……？」

おい。森田さん〝それは初耳〟って感じだぞ。

「齋藤さん、森田さんにちゃんと伝えたのか？　驚いているが」

「え？　あっ。ごめん！　中野さんについていこうとしか言ってなかった⁉　ご、ごめんね？」

「はあ。森田さん、これから俺は森に用があって戻る。嫌なら来なくていい。ただ危ない目に遭わせないようにはする」

「は、はい。ついていきます」

「了解。じゃあ移動しよう。あ、齋藤さん、移動しながら森田さんにステータスとクー太たちのこと説明してやってくれ」

「わかりました！　それとメイとか齋藤とか呼び捨てでいいですよ？　なんか呼びづらそうです」

「わ、私も、森田でもミミでも……」

「ん？　そりゃあ助かるがいいのか？　まだ会ってたいして経っていない人間にそんな気を許して大丈夫か？」

「大丈夫です！　私の勘も大丈夫と言ってます！」

「わ、悪い人じゃないのはわかります」

……まあいいが。

「んじゃメイとミミって呼ぶな」

「はい！」

「よろしくお願いします」

それからメイたちに足下を照らしてもらいつつ、来た道を戻る。その間、テイムやクー太たちのことをメイが説明した。初めは驚いていたようだが拒否反応はなさそうだ。ミミも順応早いね。

一通り説明が終わったみたいなのでクロを出すことにした。

「メイ、ミミ。今から一匹、俺の仲間を出すから驚くなよ？」

「出す？」

「は、はい？」

「クロ、おいで」

呼びかけるとクロがスルスルーっと外に出てきて俺の横に並ぶ。

「大黒蛇のクロだ。よろしく頼むな」

「クロちゃんっていうの⁉　かっこいい！」

メイがクー太たちのときみたいにクロに駆け寄った。ミミのほうは取り乱すこともなく、ジーっとクロを見ている。

「ミミ。クロは安全だぞ？」

「あ、いえ、そうじゃなくて……綺麗だな、と……」

あぁ。そういうことね。

「とりあえずそろそろ森だ。ふたりは後ろについてきてくれ」

「わかりました！」

「は、はい」

不安だ……。

「そういえば、クロ」

『ん？』

「ここら辺でどんな魔物を見た？　狸はいなかったか？」

『知らない。赤いのと緑のばっか』

「緑？」

『そう。私とクレナイと一緒』

え、何？　緑の蛇もいるの？　見たことないし聞いたことないけど。いやまあ蛇といったら確かに緑っぽいイメージはあるけど、赤と黒以外もいるのか。結構いろいろな種類がいそうだな……。

女性ふたりを連れて日が暮れた森に入るのは結構怖いので、狸か蛇を何匹かテイムしてから行こうかね？　ふたりの護衛も必要だし。

森に入る手前で止まる。

「メイとミミはここで待っててくれ。クロはふたりの護衛。すぐ戻る。クロ頼むな」

『わかった』

「「え？」」

説明するのが面倒なんでそれだけ言って駆け出す。クロはなんとなくわかってくれたのだろう。あまりクロたちと離れないように、耳を澄ませながら森の外縁から少し内側を駆ける。襲ってくればよし、驚いて逃げるなら音がするだろうからその音を追って、蛇や狸ならテイムだ。

ん？　ガザガサって音が聞こえる。こっちか。携帯のライトを音のするほうへ向ける。

「え……？」

ライトを向けた先には何もいなかった……かのように見えたがコレ、アレだよな？　そこには灰色の森狼並みの大きさの立派なツノをもつカブトムシがいた。通常時のクー太よりデカいんだが。

「きもいわ！」

襲ってくるわけではなかったので、その場から一目散に離れる。アレはダメだ。あのサイズの虫は無理です。カブトムシかっこいいと思っていたこともあるよ？　別に嫌いでもないし。でもさ、中型犬サイズって厳しくない？　うちじゃあ飼えません。それに暗がりでこんな大きな虫を見たら誰でも驚くだろう……？

それにしても……あんな大きかったら木の割れ目から漏れ出る樹液程度じゃ満足できないんじゃないだろうか……。どうでもいいな。気を取り直してほかを探そう。

またできるだけ音を立てながらウロウロする。

音が聞こえた。そこにレベルアップで上がった身体能力を全力で使って移動し、ライトを当てる。

よっしゃ狸！　結構大きい。クー太たちより大きいな。成体か？　それにこれ、灰色か……？

逃げようとする狸を素早く捕まえる。

「待て待て待て！　驚かして悪いが暴れないでくれ！」

そのまま暴れるので地面に押さえつけ、テイムされろ、と念じる。

お？　大人しくなったがアナウンスがない。もう一度。今度は声に出して。

「驚かせてすまない。仲間になってくれ」

《魔狸が仲間になりたそうにしています。テイムしますか？》

【Ｙｅｓ　ｏｒ　Ｎｏ】


Ｙｅｓ。

《魔狸が仲間になりました。テイムした魔物に名前をつけてください》

よし。

『人間の旦那。逃げないんで、どいてもらってもいいっすか？』

テイムした瞬間、押さえつけている狸が話しかけてきた。一瞬空耳かと思ったわ。

「お、おう」

予想外の不意打ちを食らった……。人間の旦那って。しかも、学生時代の後輩を思い出すような喋り方だし。

『旦那どうしたんすか？』

「あ、ああ。これからよろしくな。名前はグレイだ」

『おお。格好のいい名前ありがとうっす！　響きがいいっすね！　よろしくっす』

少し動揺していたせいか咄嗟にグレイと名付けちまった。いや、まあ灰色だし、グレーだし、色シリーズでもいいんだけど……。

「ステータス見せてもらうぞ」

『旦那』

「ん？」

『すていたす？　とは、いったいなんすか？』

「えーと、だな。グレイのステータスはグレイがどんな特技があるかとか、どれくらい強いのかとかがわかるんだ」

『ほほう。便利なんすっね』

同じ魔狸なのに、クー太やランのような可愛らしさがないな……。

「なあ。旦那ってのはどうにかならないか？　呼ばれ慣れてなくて自分のことだと思えない」

『旦那は旦那っすよ！　どうしても嫌ならご主人とかにするっすか？』

「ああ。それで頼むよ」

旦那旦那言われるのは違和感が半端ない。

ステータスは……。

個体名【グレイ】
種族【魔狸】
性別【オス】
状態【エネルギー過多】
Ｌｖ【8】
・基礎スキル：【噛みつきＬｖ４】【気配察知Ｌｖ２】
・種族スキル：
・特殊スキル：
・称号：

ふむ。森の端にいるわりに強いな。亜成体とも書いてないし、やっぱり成体かね。

しかも【エネルギー過多】なんだが。

グレイは灰色だから、クー太たちとは同じ魔狸でも種類が違うのだろうか。

「グレイ、早速だが頼みたいことがある。仲間をあと一匹は増やしたいから魔物を探してもらえないか？」

『了解したっす。どんなやつがいいんすか？』

「夜の行動も大丈夫なやつがいいな」

『それなら近くに友達がいるんで、そいつ呼んでくるっす！』

「お、おい」

飛び出していってしまった。落ち着きがないな……それにしても友達ね。狸だけどんどん増えていくなー。

ボケーっと森の暗がりを眺めているとグレイが戻ってきた。

『旦那！』

「だから旦那はやめろっての」

『あ、すみませんっす。ご主人。友達連れてきたっす』

そう言うグレイの少し後ろから一匹の狸が現れた。

ん？　ずいぶん小さいな？　ライトをちゃんと向ける。

薄茶色の十五センチくらいの生き物がいた。

これってさ。初めて見たけどイタチだよね？　フェレットに似てるし。

『あ、コイツの言葉わからないんすね。コイツ飯もらえるならついていくらしいっす』

「飯といっても……菓子パンくらいしかないぞ？」

鞄から菓子パンを出して千切ってあげてみる。

薄茶色のイタチはクンクンと匂いを嗅いで、少しずつ食べはじめた。

そしてイタチがパンを食べ終えると、アナウンスが出た。

《魔鼬鼠が仲間になりたそうにしています。テイムしますか？》
【Ｙｅｓ　ｏｒ　Ｎｏ】

本当にそれでいいのか。クー太もランもそうだが、野性を忘れてないか？

そういえば餌付けで仲よくなれる魔物なんてクー太とランくらいだろうと考えてたりしていたな。

ほかにも餌付けされる魔物がいたか……。

もちろんＹｅｓだが。

《魔鼬鼠が仲間になりました。テイムした魔物に名前をつけてください》

名前ねえ。イタチ……フェレット……。フェレ？　フェリ？

あ、ステータスを先に見ようか。

個体名【未設定】

種族【魔鼬鼠】
性別【メス】
状態【】
Lｖ【7】
・基礎スキル：【噛みつきLｖ5】【隠密Lｖ2】
・種族スキル：
・特殊スキル：
・称号：

メスならフェリにしようかな？

「名前はフェリで」

『ありがとう。さっきのもっと欲しい……』

「パンが気に入ったのか？　それはあとでやるよ。これから俺の仲間と合流して森の中を移動したいんだ。仲間を護衛したり周囲を警戒する仲間を探していたからな」

『わかった……』

わかったと言いながらしょんぼりするフェリ。ごめんよ。

『無事テイム？　できてよかったっすね！　これからお仲間のところへ行くんすね』

おめでとうと拍手するグレイ。人間と違って肉球と毛のある手なので、パチパチという音は鳴らないが。

「ああ。ついてきてくれ」

そんな遠くに行っていないので、メイたちのもとへは数分で戻ってこれた。

フェリとグレイを見てまたメイが興奮しなければいいが……。

「ただいま」

『ご主人様おかえり』

「クロありがとうな」

「中野さんおかえりなさい！　急にどうされたんですか？」

「お、おかえりなさい」

不安にさせただろうか。

「ああ。この暗闇の中を進むから仲間を増やそうと思ってな。フェリとグレイだ。よろしくな」

そう紹介した瞬間、メイとミミの瞳がキラキラしはじめた。

「中野さん!!　この子たちください！　私もテイマーになりたいです！」

そう言って突撃してきたメイにグレイが捕まった。フェリは上手く逃げ、俺の肩に登っている。

はぁ。やっぱりこうなるか。グレイに突撃したメイを落ち着かせ移動を開始する。

朝イチで戻るって言っておけばメイたちを連れこんな夜に森に入ることもなかったんだがなー、と思いつつも考えなしで行動したのは自分だからと諦める。

基本戦闘は夜目が利くクロとグレイ、フェリに任せる。ハクみたいな変異個体や大猿の集団じゃなければなんとかなるだろ。クロたちはクー太の居場所を知らないので、感覚を頼りにまっすぐ進んでいく。ある程度近づければハクやクー太が見つけてくれるはずだ。

「そういえばテイマーになりたいと言っていたが、本気か?」

索敵はクロたちに任せつつ、メイに話しかける。

「はい! 今職業選択に出てくるのは学生とフリーター、占い師でしたので」

「学生って……。学生と占い師の詳細を聞いてもいいか?」

「はい! 学生は転職時の選択肢がランダムで増える可能性がある職業、と。占い師は占いができるとだけ。転職条件についてはわかりません」

転職⁉ やっぱりあるのか! しかし……。

「なんか微妙、だな? 学生を選べば適性のない職業を選べる可能性はあるが、転職の仕方がわからない時点では選ばないのは正解だと思う。占い師はなんというか説明不足だな。未来を予知できたりしたら有用そうだが」

「ですよね! 占い師は悩んだんですが、やっぱり動物とお話ししてみたいです!」

「あ……。なら私は占い師になろうかな……」

「ん? ミミも占い師を持っているのか? てことは直感スキルも?」

「あ、はい。メイちゃんと違ってレベル1ですけど……」

「メイはレベルいくつなんだ?」

「レベル4です!」

「おお、すごいな」

レベル4での【直感】の精度はわからないが、クレナイや俺の居場所を勘だけで当てられたのだ。

かなりすごいのだろう。

「んじゃあミミは職業設定しておいたらどうだ？　メイは魔物を仲間にしないとテイマーは選択できないだろうし」

「わ、わかりました！」

あれだよな。テイマーになるのにテイムする必要があるとか、変だよな。

テイマーにならなくてもテイムできるってことは、無職？　テイマー以外の職？　は常にテイム枠がひとつだけあって、テイマーになるとテイムできる数が増えていくって感じなのか？

ならば戦闘職、あるかは知らないが剣士とか武闘家とかになって、強い魔物を一匹仲間にしていたほうが強いんじゃないだろうか？　まあ、いいか。

「あ、そういえばミミはほかにどんな選択肢があるんだ？」

「え？　あ、あの、学生とパティシエがありました」

「ん？　料理スキルだと料理人だろうし、お菓子作りなんてスキルがあるのか？」

「い、いえ。スキルのとこの、料理の隣にカッコお菓子とあります」

「（お菓子）ねぇ。派生とか特化したものが表示されているのか」

どんどんわからないことが増える。誰か攻略本でも作ってくれないかねー。

「あ、あの、占い師でいいですか……？」

「それは好きにしていいぞ？　パティシエになりたければそれでも」

「…………やっぱりもう少し考えてもいいですか……？」

「おう。焦ることはないしな」

そんなことをミミと話していたら、クロから報告が。

『ご主人様なんか来る。たくさん』

たくさん⁉

全然魔物が出てこないから油断していた。そりゃそうだよな。狸やイタチも基本、夜行性だ。夜に活発になる魔物がたくさんいてもおかしくはない。

「クロは好きに動いていい。グレイとフェリは後ろを警戒しつつ、メイを守ってくれ。メイ、ミミ。数はわからないが、魔物がここに向かって来ているらしい。お前たちは、ライトを正面に向けておいてくれ」

「に、逃げたほうがいいんじゃないですか⁉」

「だ、大丈夫ですか……？」

「なんとかする。それにこの暗闇じゃどちらにせよ追いつかれるだろう」

『旦那！　人間の匂いがするっす！』

「グレイ、だから旦那と呼ぶなと……。なんだって？」

人間と言ったか？　追われているのか？　なんでまた面倒事がこうも続くかな。俺はハクとクレナイのレベル上げをしなければならないってのに……！

薄情だって？　そりゃあどこの誰ともわからぬ人よりクー太たちが優先だ。

まあ、助けるが。

「クロ、何が来てるかわかるか？」

『たぶん狼？　五匹くらい』

「そうか。なら奇襲してくれ。その間にその人を助ける」

『わかった』

森狼くらいなら問題ない。それよりも、普通の人間が狼に追いかけられて無事なのかが問題だな。

クロが消え、すぐに狼の呻き声と走っている足音が聞こえた。

「おい！　こっちに来い！」

もとから俺たちの明かりに向かって走っていたのだろう。すぐさま俺のほうへ来たので、入れ替わるように飛び出す。

チラッとライトの明かりで見えたが、女だった。しかも顔は傷だらけに見えた。

あーもう。今日はもうどこかに送り届けるのは勘弁だぞ。意地でもクレナイたちのレベル上げを優先してやる。

ライトの明かりは広範囲が見えるわけではないが、しっかりと狼を照らしていた。

四匹か。あれ？　もう一匹はクロが倒したのだろうか？

とりあえず一番近いやつに近寄り殴り飛ばす。

「キャイン」

三匹。さらに近くにいたやつに正面から駆け寄り顔を蹴り上げる。死んだかは知らないが倒れているから放置だ。

二匹。視線を向けると二匹は逃げようとする。逃げるならそれでもいいかな、と思ったそのとき。

「ガァァァ」

そのうち一匹が声を上げ、その場で暴れている。よく見るとクロが絡みついて喉に噛みついている。黒いから見えなかったよ。

もう一匹はクロに絡みつかれたやつに視線を向けている。それならば倒させてもらおう、と駆け寄り顔を蹴ると、吹っ飛び動かなくなる。

ふぅ。灰色の森狼なら基本一撃で昏倒させられるな。死んでるかもしれないが。クロが絡みついていたやつも事切れたようで倒れた。

「クロそいつらから魔石取り出せるか？」

『大丈夫』

クロは手がないから、魔物の体の魔石があるところを食い破って取るしかなくて大変だろうな。あとで菓子パンをやろう。

魔石をクロに任せてメイたちのところへ戻る。と、顔を青くしている？　ああ。結構ショッキングか。魔物といえど生き物を殺したところを見たんだしな。

「すまんな。でも俺についてくるなら嫌でも目にするぞ？」

「だ、大丈夫です！　少し驚いただけです！」

「は、はい……。私も……。やらなければならないことだとはわかってますので……」

この子たちって二十歳くらいだっけか？　俺の少し下だけどかなりしっかりと考えているんだな。

先程助けた人は……っと。座り込んでるな。ミディアムヘアの黒髪が、ボサボサになっている。

「大丈夫か？」

「……」

反応なし。置いていっちゃうぞー？　と言いたいが、助けたのが無意味になるしな。

「このまま喋らない、動かない、というなら置いていく。俺らは用があるんだ。それと、街まで送る気もない。街に行っても人はいなかったしな。避難所がどこかも知らないし。決めるのはお前だ。助かったのにまた同じ目に遭いたいならそれでいい。助かりたいなら大人しくついてこい」

「中野さん……そんな言い方……」

「わかってる。酷いとは思う。疲れたのか精神的に弱ってるのかなんなのかは知らないが、助けられて礼のひとつ言えない奴を面倒見続けるほどお人好しではないんだ、俺は」

「そう言われるとそうね……。ごめんなさい。助けてくれてありがとうございます。わたしも連れていってくれないかしら」

突然、助けた女が話しはじめた。うんうん。礼を言えるのは大事だ。

俯いていた顔を上げたので顔に付いた傷がよく見える。俺より歳上か？　まあ態度を変えるつもりはないが。

「その傷は？　暗闇を走っていて転んだか？」

「ええ」

「事情を話せるなら話してくれ。とりあえず動けるか？」

「動けるわ。事情といっても、よくわからないことになったから昼間はずっと隠れてたんだけど、夜になってあいつらに見つかって逃げていただけよ」

「そうか。なら大きな怪我がなくてよかったな。メイとミミはこの人を支えてやってくれ。グレイとフェリは護衛だ。クロと俺が先行する」

『旦那。素敵しなくていいんすか？』

『旦那様、大丈夫……？』

「ああ。暗いのになんかよく見えるんだ。夜目とかそういうスキルでも発現したんじゃないか？　確認はあとにするが。あとフェリ。お前まで旦那呼びはやめてくれ」

旦那様って。グレイが旦那旦那呼ぶせいか？

『……？　わかった……。ご主人様？』

「ああ。それでいい。グレイも旦那はやめろよな」

『努力するっす！』

こいつ……絶対、旦那呼びを直す気がないだろう。地道に言い聞かせよう……。

「あなた……誰と話しているの？　まさか動物と話しているとは言わないわよね……？」

先程助けた女が変人を見るかのような目になっていた……。おい。いや、何も知らなければ変人だと思うだろうが……。

「説明するが、その前に名前聞いていいか？」

「藤堂アキよ。貴方は？」

「中野だ。藤堂さん、な」

「呼び捨てでいいわ。そういうの苦手そうだし」

あれー？　メイたちにも言われたが初対面の彼女にも言われた。そんな苦手そうに見えるか？　これでも話すときはきちんとするんだがな……。

「固い呼び方とか苦手そうですよね！」

「う、うん。苦手そう」

メイとミミも藤堂に追従した。まじか。

はあ。

「藤堂は明日の昼間には街まで連れていってやれると思うから、今はついてきてくれ」

「わかったわ。固苦しいのが嫌いなら名前で呼んでも構わないわよ」

「アキだっけか？　うちの仲間にアキって名前のやつがいるから却下だ。アッキーとかでいいなら呼んでやる」

「いいわよ？」

「………冗談だ」

この女、強がっているだけかもしれないが……いきなり距離が近くて面倒だ……。

さて、行こうかね。

俺が動物と話していた……という間違ってもいないが、間違った受け止め方をされた件に関しての説明はメイとミミに任せた。

藤堂も俺に聞きたいことがあると思うが、メイとミミにだけ話を振っている。それに足取りは意外としっかりしていたので安心した。

移動スピードは落ちたが一時間ほど歩き、方向が合っていればそろそろクー太たちと合流できそうなあたりでクロが口を開いた。

『ご主人様。茶色い子。クー太とランの気配』

「あ、そうか。クロは一度会っているんだよな」

『ご主人様……。何か来るよ……？』

フェリが警戒する。

『旦那どうしたんすか？　敵じゃないんすか？』

「ああ。敵じゃない。俺の仲間たちだ。安心しろ」

グレイも少し警戒しているようなので安心するように言う。

「クー太ちゃんたちですか？」

「中野さんのお仲間の……？」

メイはクー太ちゃん？　と喜色を滲ませながら聞いてくるが、ミミは首を傾げている。ああ、ミミは会ってないんだったな。

「？？　メイちゃん、私それ聞いてないわ」

藤堂は俺ではなくメイに問いかける。ミミが俺の仲間の、と言っているんだから俺に聞けばいいのに。

「あ、ごめんなさい。中野さんがテイマーって話はしましたよね？　中野さんがテイムした動物たちです！」

可愛いんですよ！　とメイが藤堂に力説している。

『ご主人様』

「ん？　クロ、どうした？」

『クー太たち隠れてる』

隠れてる？　どういうことだ？　近くまでは来ているんだよな？

『警戒してるんだと思う』

……ああ。ミミと藤堂がいるからか。グレイとフェリに対してもか？

「姿を見せても大丈夫だぞ！　おいで！」

呼びかけるとすぐさま草陰から小さな茶色い毛玉が飛び出してきた。……クー太とランだが。

『ご主人さまーおかえりー！』

『ご主人様！』

チビクー太とチビランが飛びついてきた。

おおー。会いたかったぞー。二匹を抱き留め、もふもふしてから下ろす。

「ただいま。後ろのやつらを紹介しとくな」

『あのときの黒蛇さんー？』

『あ！　本当だわ！』

『うん。仲間になった。名前はクロ。よろしく』

『クー太だよーよろしくー』

『ランよ。よろしくね』

クー太とランはクロと話しはじめてしまった。全員まとめて紹介したほうが楽だし、残りのメンバーはハクたちと合流してからでいいか。

「クー太、ラン。ハクたちは？」

『んー？　たぶんもうくるー』

『私たちバラけて狩りをしてたのよ。私とクー太。クレナイとアキ。ハクは一匹で』

ハクは単身で狩りか。大丈夫だとは思うが少し心配だな。

「そうなのか。怪我とかは大丈夫か？」

『へーきー！』

『問題ないわ！』

当たり前！　といった感じだな。そう言って足にギュッとしがみついてくる二匹。

「そうか。よかった。全員集まったら紹介とステータスの確認だな」

『期待していいわよ！　たくさん倒したもの！』

「そうか」

二匹の頭を撫でてやる。

「中野さん。私もクー太ちゃんとランちゃん撫でたいです……！」

「わ、私も……！」

「えーと、紹介してくれるんじゃなかったかしら？」

メイ、ミミ、藤堂の三人から要望が入る。仕方ないな。

「クー太、ラン、メイとミミに撫でさせてやってくれ」

『いいよー』

『仕方ないわね』

クー太たちはちょこちょことメイたちに近づくと撫でられる。

「あー、それで紹介か？　仲間が全員集まってからにしようかと思ってな」

「そう。それは任せるわ。それより……狸ってあんな小さいの……？」

本当に狸？　と呟く藤堂。小さいぬいぐるみみたいだよな。その気持ちはわかるよ。

「いや、あれは変化っていうスキルで体を小さくしてるだけだな」

「スキル……。まだいろいろよくわかってないけど、なんでわざわざ体を小さく？」

「ん？　肩に乗りやすいようにだろう」

「………貴方が動物好きってのはこの短時間でよくわかったわ」

「動物好きって。もちろん嫌いではないが、メイたちのほうがよっぽどだろう。俺は仲間を大事にしているだけだ。お？　来たか？」

ガサガサと音がしてハクが現れた。

「⁉　⁉」

ドサッという音が聞こえてそちらに目を向けると、藤堂が腰を抜かしていた。あー。森狼に襲われたんだもんな。色は違うがハクも狼には違いないから怖がっても仕方ない、か。

「藤堂。ハクは俺の仲間だ。怖い思いをしたのは知っているから、仲よくしろとは言わないが露骨に避けたりはやめてやってくれ」

「わ、わかったわ……ごめんなさい」

ぺこりと俺とハクに向かって頭を下げる藤堂。

『ご主人様！　おかえりなさい！　お怪我はありませんか？』

ハクは視線を一瞬、藤堂に向けただけで、俺にくっついてきた。

「ただいま。大丈夫だ。ハクこそひとりで狩りに行ってたんだろう？　怪我してないか？」

『はい。大丈夫です』

「そうか。よかった」

『ご主人さまー』

ハクを撫でていると、メイたちに解放されたクー太とランが来ていた。

「どうした？」

『クレナイ、たぶんご主人さまに気づいてないー』

気づいていない？　なんでだ？

『あ、本当ですね。こちらに向かっている感じはしません』

『クレナイもアキも私たちほど気配を感じるの得意じゃないの。これだけ離れてれば仕方ないわよ』

そういうことか。クー太もランもハクも、気配でそこまでわかるのはすごいな。

『ボク呼んでくるねー？』

「そうだな……頼む」

クー太が駆けていく。

『ご主人様？　この座ってる人、大丈夫？』

「んー。ハクを見て腰抜かしただけだから放っておいて構わない」

ランに返事をしていると、クロとグレイ、フェリが近づいてきた。

『ハク？　よろしく。私クロ』

『自分はグレイっす！　よろしくっす！』

『私フェリ……。よろしくね……』

『はい。クロさんにグレイさん、フェリ……ちゃん。よろしくお願いします』

………フェリちゃんって。フェリがアキと同類扱いなのか……？　ハクのちゃん付けの基準はなんだろうか。

『私はランよ。よろしくねー』

てか俺が紹介する前に各々紹介し合ってるな。

藤堂は言わずもがな、メイやミミも仲間ってわけではないから紹介しなくていいかなー。

というか大所帯になりすぎじゃないか？　当分テイムは控えるかね。

クー太とクレナイとアキを待ちながら、ここにいるメンツのステータスを確認しておくか。

まずは俺から。

俺はふたつレベルアップしてレベル22に。各スキルに変化はないが、新スキルとして【夜目】が追加されていた。詳細、と。


【夜目】
・暗がりでも見えるようになる。レベルが上がるほど明瞭に見え、最終的には昼間と見え方が同じになる。意識しなければ発動はしない。

オンオフできるのは助かる。

ランは十二もアップしてレベル15に。【噛みつき】がレベル5に、【気配察知】がレベル4にそれぞれアップして、新スキル【隠密】もレベル2になっていた。

ハクは四つ上がって、ランと同じくレベル15に。【噛みつき】【気配察知】もランと同じレベルになっていた。新スキルはなし。

それにしても……………。ランもハクもレベルが上限に達して【進化可能】になってるとか！　どんだけ戦闘したんだ。特に、ランは上がりすぎだろう。今二十時頃だから三、四時間でこんだけ上がったのか。頑張りすぎじゃないか？

クロはレベルがふたつ上がって12になっていた。戦闘をしていないグレイとフェリはテイムしたときと同じだな。三匹ともスキルに変化はなし。

「ラン、ハク。進化できるがするか？」

『する！　三尾ね！』

『はい。お願いします』

やったやった、と尻尾をぶんぶん振り回しながら喜ぶラン。ハクもユラユラと尻尾が揺れているので喜んでいるのだろう。……尻尾を握ったら怒るだろうか？　尻尾を見ていたら触りたくなったが、さすがに喜んでいるのに水を差すようなことはよくないと思い直す。

「中野さん中野さん」

「ん？　どうした？」

メイに呼ばれる。メイとミミのことをすっかり忘れていた。

「ランちゃんたち進化、するんですか？」

「するぞ」

「見てていいですか？」

「別に構わないが……進化は一瞬で終わるぞ？」
パッと光ってあら不思議。少し姿が変わったね？　って感じだ。
いちおう、ランの選択肢も見ておくか。

○ランの進化先を選んでください。
・妖狸（三尾）
・大狸
・牙狸
・暗殺狸

ありゃ？　【殺戮狸】じゃなくて【暗殺狸】？　【隠密】を持っているからか？

【暗殺狸】
・気配を消しながら敵を殺すことに特化した種族。

なんとなくクロとかぶるな。

「ラン。選択肢は大狸、牙狸、暗殺狸だ。どうする?」

『え……?　三尾ないの……?』

ものすごくしょんぼりしている。可愛いが、悲しませたいわけではないので慌てて訂正する。

「ごめん、ごめん。三尾以外はこの三つがあるよってことだ」

どんな進化先か教えてやる。

『よかった……。三尾以外の選択はないわ!』

「了解。んじゃ三尾を選択」

パッと光って尻尾が三本になったランが現れる。

『どお?』

そう言って尻尾を振り回すランの頭を撫でてやる。

ラン、後ろ気をつけろよ。メイとミミが尻尾を狙ってるぞ。いちおう注意しとくか。

「メイ、ミミ。触るならちゃんと許可とれよ?」

「「は、はい!」」

「さて次はハクだな」

そういえばハクは一度目の進化じゃないのだろうか?　ほかのやつらはレベル15で二度目の進化に至るのに、ハクだけ違うのは変だし……俺に会う前に進化してんのか?

○ハクの進化先を選んでください。
・幻狼
・大狼
・銀狼

何が違うんだろうか。今だってハクは、大きな狼だし、銀ではないが光の加減では銀に見えなくもないんだが……。
それにしても、〝魔〟とつかない魔物じゃなくても大きくなる進化先があるんだな。

【幻狼】
・相手に幻を見せる魔法を使うことが可能な種族。
・属性魔法も得意な種族。個体により使える属性は異なる。
【大狼】
・体が大きくなり身体能力が高い種族。
【銀狼】

・銀色に近い毛色を持つ種族。その毛は硬度が高く、防御に特化している。

んー。【銀狼】は森狼の変異体だからなれる進化先っぽいよなー。だが、このふさふさの毛が硬くなるのは却下だ。

【幻狼】は魔法が使えるらしい。やっぱり魔法があるんだな……。俺も使ってみたいが……どうやったら覚えられるのだろうか。個人的には【幻狼】なんだが……以前ハクは俺を乗せられるくらい大きくなりたいと言っていたしな。聞いてみるか。

ハクに【幻狼】【大狼】【銀狼】が進化先にあることと、どんな進化先かを説明してやる。

『魔法……というものも気になりますが、やはり私は体が大きくなるほうがいいですね』

やっぱりか。ならばと、ハクの希望通り【大狼】を選択する。

《進化により個体名・ハクが称号【進化・使役魔獣】を獲得。称号【進化・使役魔獣】を獲得したことによりスキル【制限解除】を獲得》

アナウンスとともにパッと大きな光がハクを覆う。

ハクも称号ゲットだ。よかった。

光が収まると、ものすごく大きくなったハクがいた。ハクの顔が俺の目線と同じ高さにある。

これだけ大きければ乗ることができるな。ふたりくらいなら問題なく乗せられそうだ。

『ご主人様どうですか？』

「余裕で乗れそうな大きさだな」

『わぁ。大きいわね？』

『大きい』

『大きいね……』

『大きいっすね！　強そうっす！』

ラン、クロ、フェリ、グレイの感想が同じだ。まあ見た目は大きさしか変わってないしな。撫でてみる。うん。毛並みは変わっていないな。よかったよかった。

あ、触りたそうにこちらを見ているふたり組がいるな。逆に藤堂は怖いのかいつの間にか離れているが。

さて、進化したランとハクのステータスでも見てみるか。

『ご主人様、クレナイさんとアキちゃんがもうすぐこちらへ来ますよ』

「了解。ステータス確認している間に合流できるか」

ハクとランのステータスを表示。

個体名【ラン】
種族【妖狸（三尾）（亜成体）】
性別【メス】

状態【 】
Lv【1】
・基礎スキル：【噛みつきLv5】【体当たりLv2】【気配察知Lv4】【隠密Lv1】
【風球Lv1】new
・種族スキル：【変化】【風纏】new
・特殊スキル：【制限解除】
・称号：【進化・使役魔獣】

個体名【ハク】
種族【大狼】
性別【メス】
状態【 】
Lv【4】3UP
・基礎スキル：【噛みつきLv5】【気配察知Lv4】【指導Lv1】
・種族スキル：【群狼】【魔纏】new
・特殊スキル：【制限解除】new
・称号：【変異体】【進化・使役魔獣】new

え……。

『連れてきたよー』

『主様のご帰還に気づかず申し訳ありません。おかえりなさいませ』

『ご主人！　おかえりなのです！　たくさん敵をたおしたのです！』

「お、おう。ただいま」

ステータス内容に驚いていたらクー太、クレナイ、アキがやってきた。

ランの新スキルに魔法っぽいものがあったが、クー太のステータスってどうなっていたっけ。進化してから確認していない気がする。あとでちゃんと見ておこう。

「全員揃ったな。紹介するよ。新しく仲間になったのは大黒蛇のクロと魔狸のグレイ、魔鼬鼠のフェリだ。クロは以前クー太に捕まったやつだな」

『よろしくお願いします。クレナイと申します』

『アキなのです！　よろしくです！』

『よろしく』

『グレイっす！　よろしくっす！』

『よろしくね……』

五匹は各々自己紹介をする。こいつらはお互い話せるからな。メイとミミ、藤堂は、自己紹介してもらっても何言っているかわからないだろうから俺から紹介するか。

「大赤蛇のクレナイと大リスのアキだ。んでメイにミミに藤堂だな。明日まで一緒に行動することになったからよろしくな」

『かしこまりました』
『わかったのです！』
「すまないが、先にステータスの確認をしたいから、もう少しみんな待っててくれ」
さて。ハクのレベルが4なのは経験値の持ち越しがあったからかな。
気になるランの新スキルは【風纏】と【風球】、ハクのは【魔纏】だな。
風球はウィンドボールって読めばいいのか？　普通にカゼダマ？　ガザダマかな？
ルビを振ってほしい……好きに呼べばいいだけなんだけどさ……。
【魔纏】もそうだが、魔法っぽいんだよな。

【風纏】
・風を体に纏わせる。風を纏うことにより速度が上がる。
【風球】
・風属性の魔法。魔力で圧縮した風の球を放つことができる。
【魔纏】
・魔力を体に纏わせる。魔力を纏うことにより身体能力が上がる。

あー。やっぱり魔法なのね。俺も使いたいなー。

【魔纏】と【風纏】はそのままだな。魔力を纏うか風を纏うか。魔力ってのがイマイチどんなものかわからないが。んで、速度特化と身体能力向上か。ハクの身体能力がどんどん上がっていくな。

これ、俺にも上乗せがあるのだろうか。【テイム（特）】にテイムモンスターの能力が一部俺にも入ってくるようなことが書いてあったが、どれくらいなのかいまだによくわからない。確かに俺の身体能力も以前とは全然違うのはわかるのだが……。

そして【風球】な。風属性魔法。羨ましいな。とりあえずランとハクに試してもらうか。

「ランとハクおいで」

『どうしたの？』

『どうかしました？』

二匹を呼ぶ。

「スキルにランは風纏と風球。ハクは魔纏ってのがあるから試してもらえないか？　使い方がわかればだが」

『うーん？　たぶん、わかるわ』

『そうですね、なんとなくですが新しい技が使える気がします』

本能で自分が何をできるのかわかるっていいよな。

「ならハクから頼む」

『はい』

集中したハクから熱気というか圧力のようなものを感じるな。これが魔力か？　見た目に変化はないが……。

『ご主人様、これでよろしいですか？』

ハクは新しいスキルを当たり前のように使うな。試行錯誤もない。

「あぁ。やっぱりスキルを使ってるんだな。どんな感じだ？」

『そうですね……。力が漲る感じがしますね』

身体能力が上がるとあるが、筋力や体力などが底上げされるのだろうか。

「了解だ。次の戦闘はその状態でやってくれ」

『わかりました』

「次はラン、やってみてくれ」

『わかったわ』

うーん、と少し考えるしぐさを見せたランは、次の瞬間スキルを発動した。

ふわっ、と風が顔を撫で、ランの周りの落ち葉が揺れ動き、確かに微風を纏っているのがわかる。

「説明文に速度が上がると書いてあったが、速く動けそうか？」

『うーん。なんとも言えないわ。走ってみてもいい？』

「いいぞ」

許可した瞬間ランが走り出し、瞬く間に俺の後ろのほうへ移動した。なんとか目で追えたが、風のように移動したって感じだ。

『ご主人様！　すごいわ！　風に押されてるって感じで気持ちがいいわ』

そう言ってランは先程の位置まで戻ってきた。

「速かったな。今までの倍くらい速くなったか？」

『そうね。だいぶ速く走れるわ』

もっと走りたそうにしているが、先に確認させてくれな。

「ハクの魔纏もそうだがどれくらい持続できる？」

『たぶん、結構な時間纏ってられるわ』

『そうですね。明確にどれくらいかはわかりませんが、すぐ使えなくなるってわけではなさそうです』

ふむ。二匹ともどれくらいかと聞かれてもわからないか。感覚で理解している感じだな。正確な持続時間を知りたいならスキルを使ってもらって俺が測るしかないか。まあ、それはいい。

「なら戦闘で常用しても問題なさそうだな。じゃあ風球を頼む。そうだな、あそこの木にぶつけてもらえるか？」

『わかったわ』

少し離れた木に向けて放ってみるように言う。

ランはそちらに向き、集中する。するとすぐさまランの鼻先のほうにバスケットボールくらいの球ができ上がる。夜目を持っていても暗いことに変わりはないから、色がイマイチわからないが薄緑色だろうか。というか風なのに色があるんだな。いや、魔力の色なのか？　まあとにかく色のついた球が飛び出す。

ドンッ！

すごい音がし、木が抉れたように丸く凹んだ。

え。威力強くないか……？

「な、中野さん！　今の音なんですか⁉」

「そっちから聞こえました……よね」

「な、なんの音？　貴方が何かやったの⁉」

大きな音に反応して三人が駆け寄ってきた。驚かせたか。まあ突然あんな音がすればな。俺も驚いたし……。

「すまんすまん。ランにスキルを試してもらっていたんだ」

「敵じゃないのね。でも、いくらライトを三つもつけて照らしているといっても、私たちこの暗がりじゃ貴方たちが何やっているかあまりわからないのよ。説明くらい欲しかったわ……」

藤堂に怒られてしまった。素直に謝っておく。確かに説明くらいすればよかったか。

『ご主人様。これあんまり連発できないわ。四、五発で魔力？　ってのがなくなりそうよ』

にしても……【風球】一発で大猿くらいなら即死なんじゃなかろうか。

「わかった。ありがとうな」

あの威力の球を五発撃てれば充分だ。ランは基本、速さを生かした接近戦だしな。

「ねぇ。そろそろ移動しない？　野宿するにしても、もっと開けたところか、できれば建物がいいわ……」

「確かに、そうだな……」

『ご主人様。言い忘れていましたが、狩りをしているとき、建物を見ました。木が生えてましたけど』

どうしようかと悩んでいたら、ハクから建物の目撃情報が。

「ふむ。木が生えていたって、崩れていなかったか？」

『建物と認識できるくらい形は保っていますが、中がどうなっているかはわかりませんが』

なら、とりあえず見に行ってみるか。街には風化したかのように崩れている建物があったが、ハクは形は保っていたと言うし大丈夫だろう。

人間組三人は疲れているだろうし、建物内が酷くても壁があるだけでもマシだろう。俺はなぜかこんなに歩いたり戦ったりしていたのに全然疲れていないのだが。不思議だ。

「ハク案内できるか？」

『はい。大丈夫です』

その建物にメイたち三人と護衛で誰か待機させて、俺は残りの仲間とレベル上げに繰り出そうか。クー太たちのステータスはあとで確認しよう。今確認したらまたいろいろ試したくなりそうだしな。

「みんな。移動しよう」

第五章

それから二十分ほどで目的の場所へ辿り着いた。見た目は物置小屋だ。木が建物を貫通しており、建物の外側は蔦や苔が生い茂っている。

昼間だとしても俺じゃコレを見つけられなかったかもしれない。風景と完全に一体化している。だが崩れ落ちたりはしていないようだ。

扉に絡まっている蔦を引き千切り、中を覗くと物がごちゃごちゃしていた。いや、木が建物の中に生えてきたんだ。整頓されていた棚が崩れたりして、物が散らばったのだろう。

ライトで照らしながら中へ入り、物を退かし女性三人が座れる場所を作る。メイがレジャーシートを自分の荷物から取り出しそこに敷く。レジャーシートは三人が横になれるほど大きくはないが、三人で座るのには問題なさそうだ。

「んじゃ明日の昼頃には街まで送って、避難所があればそこまではついていこう。それでいいか？」

「はい！　ありがとうございます！」

「あ、ありがとうございます」

「本当ありがとう」

「いや、まあ構わないよ。俺も外がどうなってるのか、もっと知りたいしね」

「それにしても、なんでそこまでレベル上げしたいんです？」

「そうね……。私たちみたいなお荷物を連れてまでレベル上げ？　したがるのは少し不思議だわ」

メイと藤堂が質問してくる。

「あー、それな。こんな状況になってから二十四時間以内にテイムした魔物を進化させると特別な称号が取れるみたいでな。二十四時間限定の特別な称号なんて取らないって選択肢はないだろう」

深い理由なんてない。特典が欲しい、それだけだ。いや、それだけというのは語弊があるか？　強くなるのが楽しいというのもあるし、魔物が跋扈する世界になって、簡単に強くなることができるのだ。自衛のためというのもある。まあそこまで説明することないか。

「こんな状況なのにそんな暢気なことを考えられる貴方はすごいわ。ご家族が心配じゃないの？」

暢気と言われてしまった。レベル上げは必要なことだと思うのだが……。

「家族ねー。俺を暢気というならうちの親はもっとだしな。連絡も入っていたし大丈夫だろう。それにこんな状況になったんだ。いろいろ試したくなるし、強くなりたいだろう？」

「少なくとも私は試したくならないわ」

藤堂はそう言うがそんなものか？　ファンタジーだぞファンタジー。言葉は選んだが、はっきり言えばこの状況で楽しまないのは損だとさえ思っている。死んだ人間もいるからそんな不謹慎なことは口に出さないが。それにレベルを上げないと死ぬしな。藤堂たちも俺がいなかったら危なかったことくらいわかっていると思うのだが。

「まあいい。とりあえず護衛に何匹か付けておくから朝まで休んでいてくれ。外で火でも焚いとくか？　誰かが火の番をしてれば大丈夫だろう」

「ありがとうございます！　私たちはもう少しここを片付けてから休みますね。足の痛みはほとんどないですけど、歩きっぱなしですごく疲れているので……」

「連れ回して悪かったな」

「あ！　いえ！　そういうわけではないです！　私たちが無理言ってついてきたので、中野さんは何も悪くありませんよ！」

「うん……助かりました。あのまま高山さんと一緒にいるのは怖かったですし……」

何かされたわけではないんだろうが、高山さんは自分の考えを押しつけがちに見えたからな。ミミみたいな押しの弱いタイプは離れて正解だろう。

「高山ってミミちゃんたちが一緒に行動してたって人よね。どんな人だったの？」

「なんていうか……よく言えば正義感がある感じ？　悪く言うと自分本意って感じですかね？　助けてくれた中野さんにお礼を言うどころか文句を言ったりしてましたし」

「ミミちゃんは？　怖かったって言ってたし、どんな印象だったの？」

「なんていうか……精神が不安定な感じがしました……」

「確かにそんな感じもした！」

「そうなのね」

メイとミミ、藤堂が高山さんについて話しはじめる。俺がいなくなってから話せばいいのに。

「まあ彼のことはいいだろう。君らを捜す可能性もあるが……まあ明日はあの付近は通らないようにすればいいさ。それじゃあ俺は火を焚いてレベル上げしに行ってくるよ」

「あっはい！　お気をつけて！」

「き、気をつけてください……！」

「強いといっても油断しないようにね」

「はいよ。気をつけるよ」

メイ、ミミ、藤堂が小屋を出ていこうとする俺に慌てて声をかけるので、いちおう返事をしておく。

小屋を出て、周りに落ちている落ち葉や木の枝を集める。コンビニで調達したライターを鞄から出し……あ、そうだ。クー太が菓子パン食べたがっていたから持ってきていたんだ。そういえばフェリも食べたがっていたな。

先にライターで落ち葉に火をつける。枯れ葉もあるがまだ青々としたものも交ざっているせいかなかなか火がつかない。鞄からノートを出し千切って火をつけ集めた草木の上へ。それを何度か繰り返すとしっかりと燃え上がった。

よし。んじゃ菓子パンを出してっと。

「クー太、フェリおいで。みんなも菓子パン食べるか？」

『初めて会ったときにくれたやつー？』

クー太は俺の手にある菓子パンを見て、違うやつー？　と、首を傾げる。

「ちょっと違うが似ているものだ」

『たべるー』

『食べる……』

「フェリも気に入ったんだよな。ほら、食べな」

しゃがんで足下にいる二匹にあげる。クレナイたちは食べるかな？　そう思い視線を向ける。

『私は遠慮しておきます』

『私も大丈夫です』

『私もいい』

クレナイ、ハク、クロはいらないようだ。

『なんですかそれ！　わたしも食べるです！』

『自分もフェリが食べてるの見て気になってたんす！　旦那ください！』

アキとグレイは食べたがった。予想通りといえば予想通りだな。それより――。

「旦那と呼ぶなと言っているだろう。直さないならグレイにやらんぞ」

『あ、ご主人すみませんっす！　直すっす！』

まったく。コレは直らなそうだな。

……あれ？　ランは？　そういえばランの声が聞こえなかったな。不思議に思いランを捜すと、いつの間にかチビサイズになっており、ひとつの菓子パンをクー太と一緒になって食べていた。

でもわざわざ一緒に食わんでも、言ってくれればひとつあげるのにな……。

まあいいか。欲しがったやつに菓子パンを与える。

「そういえば。クー太は魔法使えるようになってるのか？」

『んー？　使えるよー？』

クー太に聞いたつもりじゃなく独り言だったのだがクー太から返事が来た。って……やっぱり使えるのか……。やっぱり進化してからステータス見ていなかったんだな……。

んじゃ、クー太のステータスをチェックするか。

個体名【クー太】
種族【妖狸（三尾）（亜成体）】
性別【オス】
状態【　】
Ｌｖ【10】９ＵＰ
・基礎スキル：【噛みつきＬｖ６】【体当たりＬｖ３】【気配察知Ｌｖ５】【加速Ｌｖ３】２ＵＰ
【風刃Ｌｖ１】ｎｅｗ【隠密Ｌｖ１】ｎｅｗ
・種族スキル：【変化】【風纏】ｎｅｗ
・特殊スキル：【制限解除】
・称号：【進化・使役魔獣】

あれ？　クー太のスキルがランとちょっと違う？

順番に見ていくか。クー太は九もレベルアップして【加速】もレベル３になっていた。【加速】って【風纏】と似てるよな。どれだけ速くなるのだろうか……。

新しく覚えたのは【風刃】と【隠密】【風纏】ね。初見の【風刃】を確認だな。

【風刃】
・風属性の魔法。刃のように薄くした風属性の魔力を放つことができる。

やっぱり【風球】の刃バージョンだな。今ここで試し撃ちしたらまた先程の二の舞になってしまうから、試すのはあとでにしよう。

そういえば、クレナイといたアキがたくさん敵を倒したと言ってたな。ついでにアキたちのステータスも確認しておこうと思ってチェックしてみたら、アキがもうレベル15に達して進化できるようになっている……。早すぎやしないか？

クレナイも同じくレベル15になって、こちらはやっと進化だ。

アキとクレナイのレベルの上がり方が違いすぎるのは、種族や個体によって必要経験値が変わるからなのだろう。その推測は間違ってないだろうが…………それにしたって差がありすぎるよなぁ。

とにかく、クレナイもついに進化か。スキルは【噛みつき】がレベル5に、【指導】がレベル3に上がっていた。んー…………【指導】ってどんなスキルだっけ？　全然記憶にない……というか確認していないのではないだろうか。


【指導】
・的確に指導を行うことができるようになり、スキル所有者から指導を受けた相手は技の習得スピードやレベルの上昇が早まる。レベルが上昇することによって恩恵が増す。ただし自分より明らかに弱い相手にしか効果はない。

………。

アキはもとからのレベルの上がりやすさとこのスキルのおかげでレベルアップが早いのか。というか、やはり確認してなかったな、俺。全然見た覚えないわ……。ただ教えるのが上手くなる程度だと思い込んで見ていなかったのだろう。

気を取り直して進化いきますかね！

○クレナイの進化先を選んでください。

・蟒蛇
・大赤毒蛇

ふたつか。【蟒蛇】……ウワバミか？　確かウワバミって読むはずだ。酒呑みとしてその単語はまあ……名前だけならよく聞く。大酒呑みって意味しか知らないがな。

【大赤毒蛇】は毒持ちだろう。とりあえず詳細！

【蟒蛇】
・体がより大きくなった種族。身体能力や各種耐性が大幅に上がる。
【大赤毒蛇】
・麻痺毒を持つ大赤蛇。噛みついた相手に麻痺毒を注入し動きを阻害し、狩りをする種族。

各種耐性が上がる……からお酒がたくさん飲めるようになる。それでウワバミなのか……。

まあ酔えなくなるのは嫌だから俺はなりたくないな！

じゃなくって。ふむ。

どちらも強力そうだ。ほかの使役魔獣よりもレベルが上がりにくかっただけはあるな。

「クレナイ、いちおう聞きたいんだが……」

『はい。なんでしょうか？』

「蟒蛇と大赤毒蛇どちらがいい？　説明いるか？」

『主様が有用だと思うほうに』

ですよねー。クレナイはそういうやつだ。ならば……なんとなくクレナイに毒は似合わないからな。【蟒蛇】にしよう。

「蟒蛇にさせてもらうな」

『はい。お願いします！』

よし。【蟒蛇】を選択。

《進化により個体名・クレナイが称号【進化・使役魔獣】を獲得。称号【進化・使役魔獣】を獲得したことによりスキル【制限解除】を獲得》

《使役魔獣五匹を進化させたことにより職業【テイマー】のレベルが上がります。職業【テイマー】のレベルが上昇したため基礎スキル【テイム】、個体名【中野誠】のレベルが上がります》

職業レベルが上がったな。

それよりクレナイだ。光に包まれて…………………え？　どんどん光が大きくなっていく。

おいおいおい。目の前が完全に光に覆われてしまい、手をかざしてなんとか目を開ける。

光が収まると、今までの比ではないほど大きくなったクレナイがいた。体長はハク何匹分だろうか……四、五匹分？　ハクが尻尾から頭の先まで三メートルくらいだとしたら、クレナイは十五メートルはありそうだ……。

いやいやいや。大きくなりすぎだろう。大きさだけで脅威だわ。

うちの使役魔獣たちと俺、メイ、ミミ、藤堂まで全員乗れるだろう。電車一両分くらいか？　さすがにそこまでは長くないか？　まあ比較対象がそれくらいになるほど大きいということだな。

レベル15の進化でこんなことになっていいのか？　それにこんな大きくちゃ外には連れ出せない

な……。確実に大騒ぎになる。とはいえ、壮観だ。

「クレナイ、格好いいぞ。強そうだ。いや実際、強いんだろうな」

『ありがとうございます！』

あ、進化後のステータス見ないとな。クー太のときみたいに確認を怠らないようにしないと。

個体名【クレナイ】
種族【蟒蛇】
性別【オス】
状態【】
Ｌｖ【２】
・基礎スキル：【噛みつきＬｖ５】【指導Ｌｖ３】【体色変化Ｌｖ１】ｎｅｗ
・種族スキル：【脱皮】【鋼鱗】ｎｅｗ
・特殊スキル：【制限解除】ｎｅｗ
・称号：【変異体】【進化・使役魔獣】ｎｅｗ

レベルは持ち越しで２か。【鋼鱗】と【体色変化】は初見だな。

詳細確認。

【鋼鱗】
・鱗が鋼のように硬くなる。

【体色変化】
・自分の体の色を周囲と同化させたり、単純に自身の体色を変化させることができる。レベルが上昇することにより、変化させられる時間が長くなる。

【鋼鱗】は文字通りだな。簡素な説明文だ。気になるのはもうひとつのほうで【体色変化】か……。

これがあればクレナイを森の外に連れ出せるんじゃないか？

いや……。透明になれるかわからないし、透明になったり周囲に溶け込んだりできたとしても大きさが大きさだ。コンクリートジャングルでは身動きできないから結局は連れ出せないか。

「クレナイ。体色変化ってスキル使えるか？　使えたら透明になってみてくれないか？」

『はい。少々お待ちを』

クレナイはそう言って目を閉じる。するとだんだん色が薄くなり、やがてどこにいるのかわからなくなった。

成功か。あとは持続時間だが……。

「クレナイそこにいるか？」

『はい』

姿は見えないが声はちゃんと聞こえた。

「どれくらい透明になっていられる？」

『申し訳ありません。なんとも言えないです……。ただ、そんな長い間は無理かと』

「了解。どれくらい透明になっていられるか把握するためにもそのままでいてくれ」

クー太たちが菓子パンを食べ終わっていたので追加であげながら、クレナイの透明化が解けるのを待つ。

あ。時計を見ておけばよかったな。すっかり忘れていた。阿呆か俺は。

だいたい五分ほどで透明化が解け、クレナイが現れた。

「連続で使えるか？」

『いえ……おそらく少し間を空けないと使えそうにないです。透明になっていた時間の半分ほどは無理そうな感じはします』

インターバルは変化持続時間の半分か。充分有用だ。五分でも奇襲には使えるしな。

「了解だ。できるだけ変化させてレベル上げしてくれな」

『わかりました』

さてと。クレナイはかなり強力になったな。

次はアキだ。異例の速さで二度目のレベル上限に達しているが、スキルも【噛みつき】がレベル3に、【回避】がレベル4に、【投擲】がレベル2にと、それぞれレベルアップし、新スキル【挑発】

を覚えたうえにレベル2になっていた。

とはいえ、アキもいちおう二回目の進化だが……クレナイには遠く及ばないだろうなぁ……。

『ご主人！　私の番ですか⁉』

クレナイのステータス確認が終わったのがわかったのか、頬袋に菓子パンを詰めたアキがこちらへやってきた。

うん。「飲み込んでから喋りなさい」と言いたいところだが、君らなぜか口が塞がっていても俺と会話できるしな。しかもアキはリスだから頬袋に物を入れるなとは言えない。が、なんとなく腹が立つのがアキだ。

まあいい。

「そうだ。まず進化先を見て説明してやるから、なりたい種族があれば言ってくれ」

『わかったのです！』

○アキの進化先を選んでください。
・巨大森栗鼠
・煽動栗鼠

あー………。

アキはまだ大きくなりたいの？　リスとしてはもう充分、不自然なほど大きいよ？

それに煽動って。そういや【挑発】なんてスキル覚えてたな？　君、何したの？　てかまさか普段のあの微妙にウザい感は挑発してたとか？

詳細確認っと。


【挑発】
・敵を引きつけたり、相手を苛つかせる行動が得意になる。自我の弱い相手や精神が未熟な相手ほど効果が高い。

おいこら。俺の精神が未熟だって言いたいのか？

いや、俺は愛らしいと思っても苛ついてないからね。ちょっと、ほんのちょーっとだけウザいかもと思うことがあるだけだ。

うん。俺、精神的に未熟なわけじゃあないよな？

ジト目でアキを見てみると、小首を傾げられる。もう少し小さければ……いや言動がもっとまともなら可愛いのだが……なんかむかつく…………いかんな。これだと精神が未熟だと言っているようなものだ。

次にいこう、次。進化先の詳細だ。

【巨大森栗鼠】
・大栗鼠よりも少し大きくなり、体色が変わった種族。体色は近くにある木々や葉の色に近い色となる。

【煽動栗鼠】
・挑発するスキルを覚え、体色が挑発的な赤色になる種族。自我の弱い相手や精神が未熟な相手には効果が高いが、理性的な相手や意志の強い相手には効果が薄い。体の大きさは変わらない。

いやもう……一択だろうこれ。

【煽動栗鼠】の赤色は気になるが……。それよりもウザくなるだけのアキなんて勘弁してほしい。【巨大森栗鼠】のほうは……体色がどうなるかだな。

そろそろ秋も深まり赤茶色系の葉が多く見られるだろう時期だが……変革の異常発生で生えてきた草木はどれも緑だ。もとから生えていただろうものは赤茶や焦げ茶っぽいが。

まあ悩むこともない。アキにはいちおう聞いておくか？

「アキ、巨大化とウザさ増し増しどっちがいい？」

『どんな選択肢なのです⁉　ウザさ増し増しって今のわたしがウザいみたいな言い方なのです！

断固抗議するのです！』

「まあ……そこは置いておいて。で、どっちだ？」

『スルーなのです⁉　……………………大きくなりたいのです……』

無視していたら諦めたようで素直に希望を言ってきた。

「了解。まあどちらを選ぼうが巨大化一択しかなかったんだがな」

『お、横暴なのです！』

「ちゃんと聞いてやっただろう？　それにアキは巨大化のほうを選んだしな。何も問題ない」

巨大化を選ばなかったら、選ぶまで説得したけどな。

『むむむ。納得いかないのです……』

納得してくれ。

「んじゃ進化開始するか」

『わかったのです……』

「ごめんごめん。アキのことちゃんと大事な仲間だと思ってるからそんなしょんぼりするな」

そう言うと、ちょっと俯き加減になっていた頭をバッと上げるアキ。

『本当です⁉』

少し睨むようにこちらを見てくるアキに、本当だと言って頭を撫でる。

『アキ心配性ー』

アキと会話していたら、菓子パンを食べ終わって暇をしていたのかクー太が参加してきた。

『むむむ……』

「ほら進化させるぞー」

【巨大森栗鼠】を選ぶとアキが光に包まれる。どれくらい大きくなるのか少し不安だったがそんなに大きな光ではなかった。光が収まると進化前のハククらい、大型犬より少し大きいアキが出てきた。

背丈は小学生くらいだな。まあ大きさは問題ない。前と大差ないだろう。

それよりも色だ。一瞬、挑発……ではなく【煽動栗鼠】かと思ったくらいだ。

なんでかって？ ベースが赤茶色で緑の縞が入っているのだ。色的には新緑の色と紅葉の色。つまり簡潔にいうならクリスマスカラーの巨大リスだ。

挑発してるとしか思えないだろう？

まあ……アキのせいではないからな。文句は言わない。別に不快ってわけでもないしな。それよりステータスを見てみよう。

個体名【アキ】
種族【巨大森栗鼠】
性別【メス】
状態【】
Ｌｖ【２】
・基礎スキル：【噛みつきＬｖ３】【回避Ｌｖ４】【投擲Ｌｖ２】【挑発Ｌｖ２】

・種族スキル：【縮小】ｎｅｗ
・特殊スキル：【制限解除】
・称号：【進化・使役魔獣】

アキも持ち越しでレベル2か。

【縮小】ってなんだ？　詳細表示。


【縮小】
・深い森の中や木の上でも活動しやすいように体を小さくすることができる。縮小できる限界は進化の最初の段階の大きさまで。縮小した状態だとエネルギー効率もよい。

巨大化する意味なくない？　いや、まあ戦闘時は大きいほうが有利なときもあるだろうけど。

エネルギー効率がいいというのは、少量のエネルギーでもお腹いっぱいになるってことか？　確か魔物たちは食事の代わりに魔石でのエネルギー摂取でいいんだよな。それともスキルを使うときもエネルギーが必要で、それが少なくなるとか？　まあマイナス効果じゃなさそうだからいいか。

それにしてもやっぱりアキは本当に戦闘には向かないんかね？　戦闘じゃなくて木の実植えて育

てさせたりしてみるか？

「アキ縮小できるか？」

『縮小ってなんです!?』

「種族スキルに縮小ってスキルが新しく出てるんだ。体を小さくできるみたいだぞ？」

『せっかく大きくなったのになんで小さくするのです？』

「んー。…………邪魔だから？」

『っ!? 酷いのです！　わたし邪魔者ですか!?』

「いや、そうじゃなくてアレだ。大勢で移動するときは小さくなっていたほうがいいだろう？　ハクにも乗れるしな」

『確かになのです』

「てことで、小さくなってみてくれ」

『はいなのです！』

エフェクトはクー太たちの変化と一緒だな。そしてクリスマス感のある色の小さなアキが現れた。

逆に目立つんじゃないか……？

まあ……いいか……。なんだかんだで強くなってるみたいだし……。

アキとクレナイも進化したし、クロ、グレイ、フェリのレベル上げに行くとしようか。

ただメイたちの護衛に誰を残すかだな。【指導】スキルがあるとレベル上げが捗るから、クレナイとハクどちらかは連れていくが……ハクかな？　クレナイは大きくなりすぎたからフェリにどう指導するか想像つかないし。

ハクだけ連れて三匹のレベル上げかな。そのほうが経験値効率がいいだろう。

「よし。ハクとクロ、グレイ、フェリでレベル上げに行くぞ。クー太とラン、クレナイ、アキはメイたちの護衛で」

『お留守番ー？　わかったー』

『わかったわ。疲れたしゆっくりしてるわ』

意外にもクー太とランは残念そうにはしていなかった。本当に疲れたんだな。

『私がこの小屋を囲っていれば充分かと。クー太殿たちはゆっくりしていていいですよ』

クレナイがそう言うと、真っ先にアキが食いぎみに返事をする。

『いいのです⁉　ならゆっくりするのです！』

アキ……クレナイも疲れているんだぞ。クレナイに任せきりにするって……まあ待機組のみんなが納得してくれたのはよかった。こちらはハクに素敵を任せて獲物をどんどん見つけてもらおう。

「ハク頼むな」

『はい。たぶん、そんなに時間かからなそうですよ？　夜になって活動している魔物が増えています。たぶん火を焚いたり、騒がしくしていてもここを襲ってこないのは私たちが固まってるからでしょうし』

あー。まあハクたち強いもんな。体も大きいし、猿や蛇は逃げるだろう。

「もっと奥まで行ったほうがいいか？」

街側よりも山に近づくほど魔物が強い気がするし、今日俺らが行かなかった場所まで行けば魔物の数も多いだろうとハクに提案してみる。

『目的はクロさんとグレイさん、フェリちゃんの進化ですよね？　ならここらの敵で充分かと』

却下されてしまったが、確かに奥まで行く必要はないか。

「そうか。ならとっととやるか。正直疲れてはいないんだが、多少眠気はあるしな」

『わかりました』

『ついてく』

『わかったっす！』

『はーい……』

それぞれの返事を聞き、フェリは少し面倒に感じているのかと一瞬思ったが、器用に片手を上げているしそんなことはなさそうだな。ただそういう喋り方というだけだった。

それからハクの先導で敵を探しに移動を開始する。乗って移動するのは訓練にならないからとハクに言われたうえ、ハクがスピードを出したらみんなまともについていけないらしく、クロたちのスピードに合わせ移動する。

これも訓練なんだな……。ちなみに俺は乗ってもいいらしい。ハク曰く、今でも俺が一番強いらしいのだが実感はない。でもまあテイムしたすべての魔物の身体能力が一部とはいえ上乗せされているのだ。確かに強くなっているのだろう。

『そういえば旦那。どうして仲間を集めるんすか？』

並走しているグレイが話しかけてきた。それなりの速度で走っているが、話す余裕あるのか。

「旦那はやめろ。どうしてか。そりゃあ……なんとなくだ」

『だん……ご主人は変っすね！』

変って……狸を見たのはクー太とラン、グレイの三匹のみだが、第一声で〝旦那〟呼びとか〝っす！〟なんて話し方をする狸に変と言われたくはない。

「おい。でもま、実際特別な理由はないんだよ。強いて言うならばお前たちといるのは楽しい」

『そうなんすか？　楽しいのはいいことっすよ！』

そう言われ、思わず笑ってしまった。

まだ出会って数時間程度でもこいつらといるのは楽しいし、癒やされる。同僚といるよりも断然。

『私も楽しい。いろいろ新鮮』

『私も……』

少し感情を読み取りにくいクロもフェリもそう言ってくれる。それを素直に嬉しいと思えた。

「そりゃあよかった。でも明日から少しの間は俺は出かけるから、お前たちだけでこの森で待っててもらうことになるぞ？」

『『『『!?』』』』

あれ？　なんか見覚えのあるシンクロした反応。

「というか、なんでハクも驚いているんだ？　言わなかったか？」

『聞いていません……。いえ、今までの話していた内容を考えると納得はできるのですが……。本当に行ってしまうのですか？』

「ああ。この世界で何が起こっているのか。とか気になるし、これからどうすればいいのか決めるのにも情報はあったほうがいいだろう？」

『確かにそうですが……体が大きくならなければ連れていってもらえたのでしょうか……』

俺を乗せるために大きくなりたいと言っていたのに、今は小さくなりたいらしい。

「んー難しいな。前も結構大きかったしな」

『そうですか……。仕方ありませんね』

諦めたようだが、目は諦めていない。どうやったら小さくなれるのか考えているのだろうか？

『私もお留守番？』

『ご主人！　自分もっすか!?』

『私も……？』

お前たち、走りながらそんな近づくと危ないだろう。ぶつからないように気をつける。

「ああ。みんなすまないな。まあ小さくなれれば考えるが……さすがにハクとクレナイだけでここに待機させるのはな……。なんにせよ基本的にここで待機してもらうことになるな。まああんま長い間留守にはしないようにするよ」

『……待ってる』

『わかったっす……』

『菓子パン……』

ん？　若干一匹ほど俺との別れを悲しむのではなく菓子パンとのお別れを悲しんでないか？

でもご飯をあげるって約束でテイムしたんだもんな。たまには持ってきてやらないとな。

『ご主人様。灰色のが集団でいます』

ハクが魔物を見つけたようだ。

「何匹だ？」

『六……五匹でしょうか？　そんな多くはありません』

何度も思うが、その感覚の鋭さが羨ましい。どうやったらわかるのだろうか。

「なら三匹のレベル上げにはちょうどいいな。クロ、グレイ、フェリは三匹でまず一匹を倒せ。俺とハクがほかのやつらをできるだけ足止めしておくから、一匹倒したら次、またその次と順番に倒していけ。ハクは余裕があればアドバイスしたり、指導してみてくれ」

そして戦闘はあっさりと終わった。

初めは俺とハクが敵を引きつけ回避しながらクロたちを待っているつもりだったが、ハクがまず二匹を前脚で踏みつけ敵を拘束。俺は手加減しながら一匹蹴り飛ばして、ハクみたいにできるかと、もう一匹を地面に押し倒しそのまま押さえつける。その間にクロたちは一匹倒し終えており、俺が蹴り飛ばしたやつへ襲いかかり、あとは一匹ずつ倒していった。

まあ三匹でやれば楽に倒せるよな。よく考えれば俺やクー太が苦労して倒したときはもっとレベルが低かったし、俺もおっかなびっくりでの戦闘だったしな。

五匹すべてを倒し終え、ステータスを見るとクロのレベルがひとつ上がり、グレイとフェリはレベル10になり進化可能となっていた。フェリとグレイは進化させてもいいのだが……経験値の持ち越しもできるようだし、クロがレベル上限になるまで狩りをしよう。

直接一匹ずつ攻撃させての戦闘のほうが経験値を貰えていそうだな。【指導】の効果かもしれないが。とりあえず面倒だが、全員が一撃は入れるこの方法で戦闘していくか。

そのあとまた森狼の五匹の群れと戦闘をしたが、クロはまだレベル上限に達しなかった。おそらくクロも、小さい黒蛇から【大黒蛇】にすでに進化しており、二段階目なのだろう。それを差し引いても、やはり蛇系統はレベルの上がりが遅い。まあその分、進化後は強くなるのだろうが。

そのあと、クロのレベルを上げるため森狼と大赤蛇と何度か戦闘して無事レベルが上限に達した。

よしステータスを確認。俺とハクのステータスも見ておくか。

それぞれレベルがふたつ上がって、俺はレベル24に、ハクはレベル6になっていた。俺のスキルは【テイム】がひとつ上がってレベル5に、ハクは【指導】のレベルがふたつ上がって3に。

俺もハクもレベルの上がりが遅くなってきたな……。

ボーナススキルがあって、これか。ない人はもっと遅いのだろう。贅沢言っちゃだめだな。

クロはレベルが三つ上がって15になり、★がついた。スキルは【噛みつき】と【気配察知】がひとつ上がって、どちらもレベル4に。

グレイはふたつ、フェリは三つ上がって、レベル10になり、★がついた。スキルに変化はなし。

さて、進化先を見ていこうか。

まずはクロだな。

○クロの進化先を選んでください。
・蟒蛇
・大黒毒蛇

クレナイとほぼ同じだな。いちおう【大黒毒蛇】の詳細を見ておくか。

【大黒毒蛇】
・噛みついた相手に猛毒を注入し、さまざまな状態異常を起こさせて狩りをする種族。

クレナイは確か麻痺毒だったたか？　クロは猛毒。しかもさまざまな状態異常か。クレナイみたいに決まった状態異常を起こさせるほうが扱いやすいが……これはこれで強力か。

「クロ、クレナイと同じ蟒蛇か、もしくは大黒毒蛇、どっちがいいか考えておいてくれ。大黒毒蛇はさまざまな状態異常を引き起こす毒持ちらしい」

『わかった。考える』

次に確認したグレイの進化先は、クー太やランと同じだった。グレイにも進化先の説明をする。

「妖狸を選ぶとクー太やランみたいになるな。どっちがいい？」

『クー太さんたちが妖狸選んだなら大狸っすかね』

「体を小さく変化できれば外へ一緒に連れていけるが」

『ついていきたい気持ちもあるっすけど……クレナイさんやハクさんはここでお留守番っすよね？ならクレナイさんたちと旦那のこと待ってるっす』

「そうか。悪いな。フェリも進化先を見ておこうな」

「ん……お願い」

◯フェリの進化先を選んでください。
・森鼬鼠
・牙鼬鼠

イタチの進化選択は初めてだが、なんとなく予想できるな。

【森鼬鼠】
・森の環境に適応した鼬鼠。体が濃い茶色になり隠密性が上がる。

【牙鼬鼠】
・牙が伸び、牙での攻撃に特化した種族。

【牙鼬鼠】のほうは【牙狸】と一緒か？　フェリは大きくならないんだな。俺的には牙が伸びて厳つくなるフェリは想像できないし、【森鼬鼠】がいいかな。

「フェリは森鼬鼠と牙鼬鼠があるな。俺的には森鼬鼠だがどうする？」

説明も一緒にしてやる。

『ご主人様がそう言うなら森鼬鼠でいい……』

「好きなほうにしていいんだぞ？」

『どっちでもいいよ……？』

特にどっちがいいってのはないのか。なら【森鼬鼠】にしてもらうかな。

「なら森鼬鼠にするか」

『うん……』

「グレイは大狸でいいのか？」

『いいっす！』

「了解。それでクロはどうする？」

『私はご主人様についていきたいから大黒毒蛇』

「はいよ。なら進化させちゃうなー」

クロは【大黒毒蛇】、グレイは【大狸】、フェリは【森鼬鼠】。

パパッと選択してしまう。三匹がほぼ同時に光に包まれた。

《進化により個体名・クロが称号【進化・使役魔獣】を獲得。称号【進化・使役魔獣】を獲得した
ことによりスキル【制限解除】を獲得》

《進化により個体名・グレイが称号【進化・使役魔獣】を獲得。称号【進化・使役魔獣】を獲得したことによりスキル【制限解除】を獲得》
《進化により個体名・フェリが称号【進化・使役魔獣】を獲得。称号【進化・使役魔獣】を獲得したことによりスキル【制限解除】を獲得》
《八匹をテイム・進化させたことにより職業【テイマー】のレベルが上がります。職業【テイマー】のレベルが上昇したため基礎スキル【テイム】、個体名【中野誠】のレベルが上がります》

クロは通常の大きさのクー太たちを四匹ほど連ねたくらいの体長になり、体に赤いラインが何本か入った。黒地に赤のラインか。赤地に緑のラインのアキのほうが毒々しい気がするな……。

フェリは色が濃くなったな。それくらいでほかは変化なく可愛らしいままだ。

問題はグレイだな……。

ずいぶんと変わった。クー太たちみたいに普通の狸の姿でただ大きくなるのかと思っていたのだが……身長は俺より頭ひとつ分低いくらいだ。

そう、身長だ。なぜか二足歩行だ。

例えるなら、店先に置いてある狸の置物みたいで、一・五メートルほどだ。……いや、置物よりも狸の可愛らしさはあるのだが……。

『旦那どうっすか？　視線が高くなったっす！　お、フェリ小さいっすね！』

『グレイが大きくなった…………なんか変』

フェリ、そんなはっきりと……。だが、そう。感想を言うなら確かに、なんか変だ。胴体と頭のバランスのせいか、違和感が半端ない。うーん……。次の進化に期待しよう。

「よし。これで全員進化し終わったな」

『あれ？　旦那？　なんかコメントないんすか？』

「旦那と呼ぶな」

『あ、はいっす。ご主人、なんかコメントはないっすか？』

「……格闘技とかも使えそうだな」

さすがに俺まで変だと言ったらかわいそうなので、ほかに思ったことを口にする。

『そうっすかね！　練習してみるっす！』

置物狸がシャドーボクシングを始めた。

あれ？　アキもやってたな。なんでこいつらは大きくなるとシャドーボクシング始めるんだ。いや、何も言わん。ツッコむのも疲れるし。

「よし！　進化後のステータス確認したらクー太たちのところへ帰ろうか」

『わかった』

『ん……』

『とう！　おりゃあ！』

グレイは話を聞いてないな。足技もやり始めた。けどなグレイ。お前もアキも足が短いから前蹴りくらいしかできないだろう？

個体名【クロ】
種族【大黒毒蛇】
性別【メス】
状態【】
Lv【1】
・基礎スキル：【噛みつきLv4】【隠密Lv5】【気配察知Lv4】
・種族スキル：【影潜】【猛毒】new
・特殊スキル：【制限解除】new
・称号：【進化・使役魔獣】new

個体名【グレイ】
種族【大狸】
性別【オス】
状態【】
Lv【10】9UP
・基礎スキル：【噛みつきLv4】【気配察知Lv2】
・種族スキル：【幻術】new
・特殊スキル：【制限解除】new

・称号：【進化・使役魔獣】ｎｅｗ

個体名【フェリ】
種族【森馳鼠】
性別【メス】
状態【】
Ｌｖ【10】９ＵＰ
・基礎スキル：【噛みつきＬｖ５】【隠密Ｌｖ４】２ＵＰ
・種族スキル：【栽培】ｎｅｗ
・特殊スキル：【制限解除】ｎｅｗ
・称号：【進化・使役魔獣】ｎｅｗ

それぞれの種族スキルも見ておくか。名前で想像できるスキルばかりだが、いちおうな。

【猛毒】
・さまざまな状態異常を高確率で起こす毒を与える。

【幻術】
・幻を見せることができる。自分よりも強い相手には効きにくい。

【栽培】
・植物に自身の魔素を与え、通常よりも早く成長させることができる。

【猛毒】と【幻術】は、まあ名前の通りの効果だが……。

【栽培】は農家とか家庭菜園をしている人はすごく欲しいスキルだろうな。

フェリも戦闘に向いてない種族なのか？　結構強いからそんなことないと思うんだがな……。

まあ種族スキルが戦闘系じゃなくても問題はないか。

「よし。とりあえずザッと確認したし、スキルはそのうち試してもらおうかね。戻って休もうか」

『わかりました』

『わかった』

『了解っすー！』

『わかった……』

俺が平気だからってほぼ休憩なしだったからな。

ということで戻ることにした。ゆっくり戻ってもいいのだが、ハクが『これも訓練だ』と言ってフェリたちがついてこられるギリギリの速度で走って帰った。

俺？　俺は余裕でハクについていけるようになりました。レベルアップってすごいな。

ちなみにクー太たちのもとへ着いたときには、グレイとフェリはぐったりしていた。

『ご主人さまおかえりー』

『おかえりなさい』

『お怪我はありませんか？』

待機組のクー太とラン、クレナイが出迎えてくれる。……あれ？

『すーすー……』

「ただいま。怪我もしてないから大丈夫だ。心配してくれてありがとうな」

それよりも一匹寝てないか？　返事がないし寝息が聞こえるのだが。

『アキはご主人様が出かけてすぐ寝てたわよ』

俺の疑問に気づいたランが教えてくれた。そんなに眠かったのか……？　体力つけさせないといけないかね。

『おこすー？』

クー太が横になっているアキの頭の上に手を構える。俺が起こせと言ったらその手が振り下ろされるんだろう……。

「そうか。まあ……うん。休んでて構わないって言ったのは俺だしな。寝ててもいいんだが……なんかそれがアキだとな。少しイラッと……な。疲れているのだろうし、そのまま寝かせてやろう」

さて、メイたちはもう休んだかね。明日三人を避難所まで送ったらどうしようか。俺も家族の様子を見に行きたいところだが歩くと遠いからな。

まあそれはあとで考えよう。とりあえず避難所を探して送り届けたら、情報収集だな。

「みんな今日はありがとうな。俺も休むから、みんなも休んでくれ」

『夜の見張りはどうします？』

「しなくても大丈夫だろう。何かあればハクもクー太も気づくだろう？　だからハクもちゃんと休んでくれ」

『そうさせていただきますね』

はい、と頷くハク。ハクとクレナイはよく気が回るな。

それから、各々焚火の周りで横になったり、少し離れたところへ移動したりした。クレナイは顔を焚火の近くに置いて、体は小屋をぐるっと囲み、尻尾も焚火の近くに来ている。

ほぼクレナイに囲まれている状況だし、気配に敏感な子たちもいるので、見張りはいらなそうだ。

俺も寝ようと腰を下ろす。レジャーシートなどないから地べただが、気休めに鞄を枕にするか。

クー太とラン、フェリが近くに寄ってきた。

「どうした？」

『ここで寝るのー』

『一緒に寝てもいいかしら……？』

『私も……』

クー太に関しては納得だが、ランとフェリまでも一緒に寝たいというのは少し驚いた。

「構わないよ。おいで」

予想外だったが断る理由はないので許可する。三匹とも俺に密着するように近づき丸くなる。顔の近くにクー太、胴体と脇腹付近にランとフェリがくっつく。

横になり三匹を順に撫でつつ、焚火を眺める。たった一日なのに今日はいろいろあったな。

今日のことを考えながらボーッとしていると、目の前に小さな蜘蛛がいた。

虫か……巨大な蜘蛛にも緑の蛇にも遭わなかったな。というか蚊とかの普通の虫も全然見なかったんだよな。

もっと仲間を集めようかと思ったが、これ以上集めても大変だし、どうするかねー。

この蜘蛛もそのうち魔物になって大きくなるのだろうか。

蜘蛛はそんな嫌いじゃないからいいが……ミミズやムカデの巨大化した魔物とか巨大アリの大群とかは嫌だな……。考えただけで鳥肌が立つ。

というか……なんでこの蜘蛛動かないんだ。なんか視線を感じるのは気のせいか？　クー太たちが反応しないし、魔物ではないんだろうが……魔石あげたら魔物になるかな？　さっきの戦闘で余った魔石がいくつかあるから、一番小さな小指の爪くらいのを渡してみるか？

クー太たちに当たらないようにそっと上体を起こし、ポケットから小さな魔石を取り出し、蜘蛛がいるほうに転がすと、残りは鞄の中へ仕舞う。

あれ？　反対のポケットにもうひとつある？

ああ。クー太と猿の魔物を大量に狩ったときに食べようか食べまいか考えていたときのやつか。

ん？　色が紫なんだが。もとは黄色に近い色だったよな？　今は濃いアメジストのように見える。

なんでだ？　明らかに色が変わっている。俺のポケット入れておくと色が変わるのだろうか。理由はわからないが、ほかのやつをポケットに入れてみておくか。

黄色に近い魔石をいくつか鞄から取り出しポケットへ。そのまま紫の魔石を手の中で弄びながら、蜘蛛へ視線を向ける。

やっぱり反応なしか。

蜘蛛が目の前にいてはさすがに寝る気になれないので、手を振って追い払う。

あっ、紫の魔石が手から飛んだ。取りに行きたいが……さすがに立ち上がったらクー太たちを起こしちゃうよな……。いや、さすがにまだ寝てないとは思うが、せっかくこの子たちが俺にくっついて、のんびりしているのに魔石を拾いにいくのもな……。

やめておくか。いつの間にか蜘蛛もいなくなったので横になり、眠りに落ちた。

《蜘蛛が仲間になりたそうにしています。テイムしますか?》
【Yes　or　No】

目が覚めボーッとしていると何か聞こえてきた。

え?

目の前にYesとNoの選択肢が浮いている。

何が起こってんの?

魔物がいるわけでも…………YesとNoの隙間から昨夜の蜘蛛が見えた。

まさかコレ?　テイムしちゃったの?　なんで?　てか魔物だったのか……?

あ、まさか昨日の魔石を食べて魔物になったとか?

昨日そのままにした黄色の魔石と紫の魔石を探すと昨日と同じ場所にあった。

じゃあなんでだ？　昨日見かけた時点で魔物だったのか……？

とりあえずＹｅｓ。こいつに聞けばいいか。

《蜘蛛が仲間になりました。テイムした魔物に名前をつけてください》

まじかー。魔物なのかー。小指の爪の先ほどの黒いどこにでもいそうな蜘蛛なんだけど……。

それと名前ね。黒色だがクロがいるからなぁ。

スパイ？　ブラック？　なんかなー。ブラックから一文字とってラックにしようか。

「お前の名前はラックな」

『……………』

あれ？　反応がない。

「話せるか？」

『……………』

無理なのか？　ただの無口か？

えー。話が聞けないとテイムできた真相とかわからないのだが……。

『ご主人さまー？　どうしたのー』

「ああ。クー太おはよう。いや新しい仲間をテイムしたんだが……会話ができなくてな。なんでテイムできたのかとか聞きたかったんだが……」

『新しい仲間ー？　どこー？』

「クー太の目の前にいるぞ」

『えー？』

手を広げ甲を地面につける。

「おいで」

お、これには反応してくれた。よかった。

蜘蛛……ラックが掌に乗ったのでクー太の顔に近づけてやる。

「クー太、こいつがラックだ。ラック。クー太も仲間だ。よろしくな」

『えー？　魔物だったのー？』

「らしいぞ。ラックは俺の言ってることわかるのか？　じゃあＹｅｓなら俺の掌を叩いてくれ」

チクッという感触がした。Ｙｅｓってことなのか……？

もう一度やってみるか。

「会話できるか？　Ｙｅｓなら一回、Ｎｏなら二回叩いてくれ」

今度は二回チクッって感触があった。会話できないけど理解はしてるのね。とりあえず、それがわかれば充分だ。それにしてもこの子のレベル上げは大変そうだなー。

とりあえずみんな起きてるみたいだし紹介しておくか。

「全員起きてるな……あーいや。誰かアキを起こしてくれ」

『私が起こしてくるわ』

「頼む」

ランがアキに近づき……バシッ。

おい……叩いたぞ。驚いた……手加減はしているのだろうがだいぶいい音がしたんだが。

ラン……ストレスでも溜まっているのだろうか。

『な、なんですか⁉ 敵ですか⁉ ご主人！ 敵です！』

「落ち着け。お前がいつまでも寝てるからランに起こしてもらっただけだ」

『敵じゃないです？』

「あぁ」

『ならよかったです。あ！ おはようございますなのです！』

それでいいのかアキ。一言くらい文句言ってもいいんだぞ。

「ふう……。ああ、おはよう。今から新しい仲間を紹介する」

『わかったのです！ あ、そこの狸さんですか？』

「…………………それはグレイだ」

『アキさん酷いっす』

『ええ⁉ ご、ごめんなさいです！』

アキは冗談とかでなく本気でわからなかったのか……。

『でも確かにグレイは見た目が変わっちゃったわね』

『ほんとだねー？』

ランとクー太がどことなく残念そうに言う。

『確かに見た目が違いますが、クー太殿やラン殿とは違う進化なんですか？』

『大狸って種族らしいっすー』

クレナイの疑問にグレイが答える。……ラックの紹介をしたいのだが。

「ほら。グレイの姿について話すのもいいが先にこっちを紹介させろ」

パンパンと手を叩き、視線を集める。

『魔物の気配はしませんでしたが、いつお仲間になったのでしょうか？　その方はどちらに……』

『確かにそうですね……。魔物が近づけばわかると思うのですが……』

『そうです！　どこにいるのですか⁉』

『どんな魔物なんすか？』

クレナイとハク、アキ、グレイが辺りを見回しながら聞いてくる。疑問に思うのは無理ないな。

というか、ハクも気がつかなかったのか……？　意外だ。ランとフェリはクー太の後ろでラックの紹介を聞いていたのでわかっているようだ。

「蜘蛛の魔物でな。ほら、さっきからここにいるんだ」

ラックを乗せている掌を上げてやる。

「名前はラックだ。種族は……ステータス見ていなかったな。ラックのステータス表示」

個体名【ラック】
種族【魔蜘蛛】
性別【メス】

状態【　】
Ｌｖ【１】
・基礎スキル：【噛みつきＬｖ１】【隠密Ｌｖ１】
・種族スキル：
・特殊スキル：
・称号：

やっぱり魔物になりたての蜘蛛か。小さいし魔物になりたてで弱いから、ハクたちも気がつかなかったのだろう。

「種族は魔蜘蛛だな。おそらく魔物になりたてだろう。これからよろしくな」

ラックは両前脚を上げる。挨拶をしているのだろう。そして挨拶は終わったとばかりに腕を這って肩に向かう。

『そこ……ボクの場所ー……』

クー太……そんな悲しそうな反応するなよ……。

「ラックはどこか別の場所に移ってくれ。両肩はもう席が埋まってるからな」

そう言うと首元がチクッとして、ラックが移動しはじめた。ラックが刺したんだと思うが、了承の合図なのか、不満だったのかわからないな……。そして見えないが、頭頂部にソワソワした感じがしたので頭に移動したようだ。普通の蜘蛛ならすぐさま振り払うのだが、意思の疎通ができる仲間だと思うと全然嫌な気持ちにならないのが不思議だ。

ラックが頭に移動したら、すぐさまクー太とランが肩に乗ってきた。よしよし。

「さて、メイたちを起こして街まで送るか。そのあとどうするかハッキリとは決めてないが、少しの間ここには戻らないかもしれない。でも必ず会いにくるからな。それでここに残るのは……クレナイとハクはすまないが外がどうなっているかもわからないからここにいてくれ。クロは影の中、グレイは幻術を使えば、フェリとアキなら鞄の中でも入ってくれれば連れていけるが、どうする？」

『わたしはついていくのです！　フェリとアキは胸ポケットを所望するのです！』

「ん？　ここに入りたいのか？　きついと思うぞ……？」

『入れないです？　入ってみるのです！』

アキはぴょんっと飛びついて胸ポケットまでよじ登ってきた。そして頭から胸ポケットに。

『大丈夫なのです！　なんとか入れたのです！』

胸ポケットがパンパンになっているが大丈夫らしい。まあアキがいいならいいか。

『ずっと透明になれればいいのですが……私はここで狩りをしたりして過ごします』

『私もですね。ついていけないのは寂しいですが、お迎えに来てくれると信じてますね』

クレナイは長時間透明になれないことを残念そうに『不甲斐ないです』と呟いている。ハクは本当に寂しそうだ。

『私は影にいる』

クロはさも当たり前のことかのように影にいる宣言だ。

『自分もここにいるっす。ハクさんたちに訓練してもらったりして強くなるっす』

『ん……ついていきたいけど、グレイが残るなら私も残る』

グレイとフェリも留守番か。大きさ的にフェリなら問題なく連れていけるのだが……残るというなら無理に連れていくこともないか。

「わかった。すまないな」

俺と来るのはクー太、ラン、アキ、クロ、新しく仲間になったラック。残るのはクレナイ、ハク、グレイ、フェリか。

「あんまり無茶な戦いはするなよ？　俺が戻ってきたときに大怪我を負ってたりしたら怒るからな」

『かしこまりました』

『はい。大丈夫ですよ。ご主人様もお気をつけて』

『わかったっす！』

『ん……大丈夫……』

クレナイ、ハク、グレイ、フェリにいちおうそう声をかけたものの、この子たちなら大丈夫だと実はあまり心配していない。無茶しそうなアキは連れていくし。

さて、今は七時か。ラックのレベル上げは難しそうだが、できるだけ魔物と戦いながら彼女たちを送っていくか。

いちおうノックをして小屋に入ると、三人とも起きていた。

「支度してくれ。街に行こうと思う」

「わかりました！」

「お願いします……」

「世話をかけてごめんなさいね」

「構わん。俺が見捨てられなかっただけだしな。それにほんの半日から一日程度、面倒を見ただけだし」

三人はもう支度はある程度済ませていたようで、すぐに移動することになった。

ハクとクレナイはここら辺に残るそうだ。グレイとフェリは運がよければもう一度進化できそう、ということで途中までついてくることになった。

「んじゃクレナイ、ハク。悪いが待っててくれな」

『何度も謝らなくて大丈夫です。透明になれる時間が増えるよう訓練するので、そのうち連れていってくだされば』

『グレイさんとフェリちゃんはこちらに戻るとき気をつけてくださいね』

『大丈夫っす』

『ん……気をつける』

「じゃあ行ってくる」

最後にここに残るハクとクレナイの頭を撫でてやり、街を目指して歩き出した。

ある程度進むと大赤蛇が出てくるようになった。

戦闘は基本的にグレイとフェリの担当だ。魔物に気づくのはクー太とランが先だが、教えていないようだった。なんで教えてやらないのかと聞くと。

『自分でさがしてれば上手になるー』

とのことだ。自力でやっていればスキルレベルも上がるからクー太なりに指導しているのだろう。

そうして移動しているとクー太がまた敵を見つけたようだ。

『狼さん五匹くるー』

今回は数が少し多いからか教えてくれた。

大赤蛇は基本一匹で現れるしグレイとフェリの二匹で問題ないが、森狼複数は厳しいだろう。

そう考え、俺とクー太、ランが参戦することにした。

クロは念のためメイの影で待機だ。アキは……戦闘に参加しようとしたのだが、胸ポケットから出るのに四苦八苦しているため、とりあえず放置。ラックも戦闘に参加させようと思ったのだが、さすがに厳しいか？　瀕死にしたやつを攻撃させるか？

「あ、そうだ。ラックはクー太にくっついていって、一撃入れられそうなら入れてみてくれ」

『ラックを乗せていけばいーのー？』

「頼む」

頭の上でチクッと感触がしたのでラックも了承してくれたのだろう。

ラックをクー太に乗せたり、グレイたちに無理はせず二匹で一匹を相手するように指示していたりすると森狼が出てきた。ランとクー太がすぐさま森狼へ向かう。

俺も駆ける。あっという間に森狼に肉薄し頭を思い切り殴りつけると、森狼は吹き飛んでそのまま動かなくなる。首が曲がっていたし、死んだのだろう。

森狼を一撃か……。たった一日でずいぶんと変わったな。初めは怖かったし、殺したことに対して不安になったりしたものだが。

クー太も一匹を倒し終わりもう一匹へ向かっている。ランは倒した森狼から魔石を取っているようだ。グレイとフェリもすぐに終わりそうだ。

ラックは無事だろうか。まあ何かあればクー太が教えてくれるとは思うが、いかんせんあの小ささだからな。体の上から落ちていてもクー太も気づかないかもしれない。

クー太は最後の一匹を大きくなった手で叩き潰す。そして少し押さえつけてから首に噛みついた。その押さえている間にラックに攻撃させているのだろうか？

グレイとフェリも戦闘を終え、魔石を取り出して戻ってくる。ランはクー太が初めに倒したやつの魔石も取ってきたようだ。クー太も戻ってきた。

『ラックは狼さん二匹に攻撃したよー』

「そうか。ラックは怪我してないか？　ランもクー太もありがとう」

大した戦闘ではなかっただろうが、手伝ってくれたので撫でてやる。まあ俺自身クー太たちを撫でるのが好きなんだがな。撫でていたらラックがクー太の体から俺の手によじ登ってきた。とりあえず怪我がないようでよかった。

『ご主人。自分たちまだレベルは上がってないっすか？』

確認してみると、グレイ、フェリともに森狼とあと二、三回ほど戦闘すればいい感じかな。

「んー。あと少しだな。森を出るまでには進化できると思うよ」

『よかったっす』

それよりもラックだ。どれくらいレベルが上がったのか見てみたら、なんと一気にレベル10になっていた。もともとの力が弱いとレベルの上がりが速いのだろうか。アキも速かったしな。

スキルは【隠密】がレベル2にアップ。【噛みつき】に変化はなかった。

そういえば……エネルギーはどうすればいいんだ。魔石を砕いてあげればいいのか?

掌にいるラックを見る。魔石と同じかそれより小さいもんな。どうするか。

とりあえずラックの横に魔石を置いてみる。するとラックが魔石にくっつくように近寄った。

これは……噛みついているのか? カリカリといった音がする。これは時間がかかりそうだな。

小さくなり肩に戻ってきたクー太とラン、それとずっと胸ポケットに入っているアキも一緒になってラックを眺める。

「あのー……何してるんですか?」

あ。すっかり彼女たちのことを忘れていた。というかラックのことも紹介してない気が………

面倒だからいいか。

「ああ。気にするな。行こうか」

片手だけ掌を上に向けて歩くのは変だろうが説明するのも面倒だし、気にせず行こう。

「じゃあまたグレイとフェリに索敵と戦闘を頼むな」

『了解っす!』

『ん……任せて』

移動を始めるが、いまだラックが掌の上で魔石をカリカリ。少し掌がこそばゆい。

そのあと単体で出てきた森狼と大赤蛇をそれぞれ倒し、グレイとフェリのレベルが上限に達した。

エネルギー量も充分だ。

そして、やっとラックが魔石を食べ終わり、進化可能となった。

魔石は細かく砕いてからあげたほうが楽だな。

「よし、進化させよう。グレイとフェリは進化したらハクたちのところへ戻るんだろう？」

『戻るっす』

『うん……』

あ、忘れる前にメイたちに言っておくか。

「進化させるから少し休んで待っていてくれ」

「わかりました！」

よし、んじゃ少し離れて……っと。なんで離れるかって？　ラックの説明が面倒だからだよ。

じゃあステータスと進化先を確認。

二匹とも五つもアップしてレベル15に。ちゃんと星マークもついている。

スキルについては、グレイは【気配察知】がひとつ上がってレベル3に、それと新スキルとして【拳術】が。…………グレイが途中から噛みつきとか体当たりではなくパンチしてるなー、とは思っていたのだ。まさか【拳術】を覚えていたとは……。

フェリはレベルアップしたものはないが、新たに【加速】と【気配察知】を覚えている。

進化先はどうかねー。

○グレイの進化先を選んでください。

・剛力狸
・格闘狸
・鎌鼬鼠
○フェリの進化先を選んでください。
・大森鼬鼠
・鎌鼬鼠
○ラックの進化先を選んでください。
・大蜘蛛
・糸蜘蛛

三匹ともふたつずつか。種族名である程度予想できる感じだな。
種族名のイメージだけで判断するなら【格闘狸】と【鎌鼬鼠】【糸蜘蛛】が候補だ。
グレイから詳細を確認。

【剛力狸】
・膂力が大幅に上がり、筋肉質になった種族。

【格闘狸】
・格闘が得意な種族。手足が多少伸び、身長も高くなる。

筋肉質とか勘弁してください。【格闘狸】一択かね。手足が伸びるのはな……とは思うが、筋肉質よりマシかな……。

「グレイ。筋肉がつくのと格闘が得意になるのどちらがいい？」

『筋肉っす！』

「……………それは本気か？」

『じょ、冗談っす！　格闘したいっす！』

無理やり言わせた感？　最終的に選んだのはグレイだからいいのだ。

「じゃあ格闘狸な」

『了解っす！』

次にフェリ。


【大森鼬鼠】
・体の大きさは変わらない。森鼬鼠より森での活動に特化した種族。

【鎌鼬鼠】
・戦闘スキルを覚えやすくなり、攻撃性が増した種族。

これは種族名だけで判断しなくてよかったな。
イメージからだけなら【鎌鼬鼠】なんだが……攻撃性が増したフェリは嫌だしな。
「フェリは今回も俺が選んでいいか？」
『ん……任せる』
ならば【大森鼬鼠】だな。
んでラックだが……。

【大蜘蛛】
・魔蜘蛛よりも体が大きくなった種族。身体能力も大幅に上昇する。

【糸蜘蛛】
・大きさは変わらないが、糸を出したり、使ったりすることに特化した種族。

さてどうするかね……。

大きくなれば会話できるようになるのだろうか。んー。でもこれから行動するなら【糸蜘蛛】だよな。どのくらいの大きさになるかにもよるが、さすがにテイムして数時間も経っていないのに、ここに置いていくことになったらかわいそうだし……。

【糸蜘蛛】に決定だ。

「ラック。俺が選んでいいか？」

チクッ。

一回ってことはＯＫか。じゃあ進化を始めよう。

グレイは【格闘狸】。

フェリは【大森鼬鼠】。

ラックは【糸蜘蛛】に。

選択。三匹とも光に包まれ、すぐに光が収まる。

グレイは……違和感バリバリだ。人型の狸って感じになっている。いや、人よりも四肢は短いが……これなら格闘はできるだろう。グレイはどうなるのだろうか。

フェリは見た目は全然変わらんな。小さく可愛らしいままだ。

《進化により個体名・ラックが称号【進化・使役魔獣】を獲得。称号【進化・使役魔獣】を獲得したことによりスキル【制限解除】を獲得》

お。まだ【制限解除】スキルを獲得できる時間だったな。

ラックは大きさ的に戦闘が難しいだろうと思っていたからな。あまり期待はしていなかったのだが、特殊スキルが手に入ってよかった。

ただ、ラックは真っ白になっていた。

ブラックの後ろ三文字をとってラックなのに……ホワイトになってしまった。まあ白いほうが黒色より〝虫〟って感じが薄れているし、いいか。

よし！　ステータス確認して早く街へ向かおう。面倒事はさっさと終わらせないとな。

個体名【グレイ】
種族【格闘狸】
性別【オス】
状態【】
Ｌｖ【１】
・基礎スキル：【噛みつきＬｖ４】【気配察知Ｌｖ３】ＵＰ【拳術Ｌｖ１】
・種族スキル：【幻術】【魔纏】ｎｅｗ
・特殊スキル：【制限解除】
・称号：【進化・使役魔獣】

個体名【フェリ】
種族【大森鼬鼠】
性別【メス】
状態【 】
Lv【1】
・基礎スキル：【噛みつきLv5】【隠密Lv4】【加速Lv1】【気配察知Lv1】
・種族スキル：【栽培】【操草】new
・特殊スキル：【制限解除】
・称号：【進化・使役魔獣】

個体名【ラック】
種族【糸蜘蛛】
性別【メス】
状態【 】
Lv【3】
・基礎スキル：【噛みつきLv1】【隠密Lv2】【鋼糸Lv1】new
・種族スキル：【操糸】new
・特殊スキル：【制限解除】new
・称号：【進化・使役魔獣】new

グレイの【魔纏】はハクと同じだな。
フェリの【操草】とラックの【操糸】【鋼糸】の詳細を確認。

【操草】
・草に魔力を与えることにより自由自在に動かすことができる。

【操糸】
・糸に魔力を通すことにより自由自在に操ることができる。

【鋼糸】
・糸の強度が上がる。レベルが上がるほど硬度が上がる。

ふむ。【操草】は【栽培】と相性がいいな。【栽培】で急成長させた草を操って足止めに使ったりもできるだろう。
【操糸】は【操草】と似ているな。【糸蜘蛛】らしいスキルである。レベルが上がればラックには

敵を拘束させたりするのもいいかもな。

「よし。メイたちのもとへ戻ろうか。グレイとフェリはすぐにハクたちのところへ帰るか？」

『そうっすね……』

手を顎に当て考えるグレイ。腕が伸びてよかったな。様になっているよ。

『ギリギリまで見送る……。グレイもいいでしょ？』

『もちろんっす！　ご主人、そういうことなのでもう少しついていくっす』

フェリの提案にすぐに頷くグレイ。いったい、何を悩んでたんだろうな。

「了解だ」

『グレイ変わったねー？』

『本当ね。私たちと同じ種族だとは思えないわ』

クー太とラン的にはグレイの変化が不思議なようだ。まあ自分たちと似た姿だったのに、今じゃ全然違うしな。顔の造りは狸なんだが、骨格がもう狸じゃない。

「進化して今は別の種族と言ってもいいだろうしな」

休んでいたメイたちのそばに行き、声をかける。

「お待たせ。行こうか」

「グレイ君？　ずいぶん変わりましたね？　人間に近づいた感じです」

「うん……」

「本当、進化って不思議ね……」

やっぱりグレイの変化が気になるようだ。

まあとにかく移動しよう。

そのあとの戦闘はだいたいをグレイとフェリに任せて進む。複数の敵が出てきたときは俺やクー太、ランも参加するがそんな機会はほとんどなくなってきた。グレイたちが進化してから一時間以上歩いているし、そろそろ森の切れ目だな。

『ご主人。そろそろ自分たちと会ったところっす。なので自分たちは戻るっす』

ここら辺か。魔物たちは地形把握能力が優れているのかね？　俺にはどこも似たような草木が生えているようにしか見えない。よくよく観察してみれば違いはあるだろうが、その違いを覚えておく自信はないな。

『ん……また菓子パンちょうだいね……』

ああ。そうだな。あとひとつ菓子パンが残っているからフェリにあげるか。

「ほら、グレイ、フェリこれ食べな。また持ってきてやるからな」

『ありがとうっす！』

『ありがとう……』

『ご主人さまー？』

クー太がちょっと物欲しそうにしているが今は我慢してくれな。

「クー太は街に着いたら買ってやるから。今はフェリたちに譲ってあげてくれ」

『わかったー』

『私にもあとでちょうだいね』

『わたしもほしいのです！』

あ、アキのことすっかり忘れていた。ずいぶん静かだったな。

「アキはずいぶん静かにしていたな？」

『ご主人さまー？　グレイたちが進化してるときからアキ寝てたよー？』

『ここのフィット感が気持ちよくって……ごめんなさいなのです』

怒られると思ったのか視線が下に向いているが、そんなことで怒らんよ。

「別に怒ってないぞ。まあ……アキらしいな」

アキらしいから、それはいいのだ。それよりも気になることがある……。

グレイが手を使って器用に菓子パンを食べているのだ。グレイはそのうち獣人的な存在にでもなりそうだよな……。食べ終わるまでフェリのことを撫でてやる。

『ご主人様……ありがとう……また、ね？』

「ああ。また会おうな」

そう言いグレイにも視線を向ける。

『じゃ自分たちは戻るっす。ご主人、気をつけて行ってきてくださいっす。特訓して待ってるっす』

『ん……』

フェリのこともグレイのことも怪我をしないかとかの心配はあまりしていないが、グレイの訓練の方向性は心配だな。

「じゃあハクたちによろしく。早めに戻ってくるよ」

『グレイ、フェリまたねー』

『行ってくるわね。グレイたちも気をつけて』

『行ってきますです！』

『またね』

いつの間にかクロも近寄ってきて挨拶をしている。

そしてグレイとフェリと別れ、街へ向かう。

早めにみんなのところに帰ってこないとな。だが……実家に戻るなら少し時間がかかりそうなのも確かだ。あとは街がどういう状況になっているかだな……。

森を抜けると昨日のコンビニを避けて移動する。今は八時半だ。避難所があるとして、それがどこにあるかはわからないため人の気配のする場所を探す。探すのはクー太とランだが。

それにしても昨日と変わらず草木に侵食された街並みだ。意外と形の残っている建物も多いが、大抵木に貫かれていたり、苔に覆われていたり。

ちなみに森を抜けたあたりでクロは俺の影に、クー太とラン、アキは鞄の中に入った。ラックは小さくて気づかれないだろうからそのまま俺の頭の上だが。

特に会話もなく歩いているとクー太が人を見つけたようだ。

『あっちに人の匂いたくさんー』

「ありがとう」

クー太の示す方向へ向かう。

藤堂は場所に覚えがあるようだ。

「こっちは……学校かしら？」

そう時間を置かず学校が見えてきた。あそこが避難所になっているのか。ほかにも避難所になっているところはありそうだが……。

まあここまででいいな。

「じゃあここでお別れだ」

「え？　中野さんは来ないんですか？」

メイは俺も避難所に行くと思っていたのか。

「ああ、行かない。避難所に行って情報を集めたいとは思うんだが、身動きできなくなるのも嫌だし、クー太たちもいるしな」

「そう、ですか。なら新情報や現状どうなっているのかとかわかったら連絡しますね！」

「ああ……。携帯使えるんだったな。じゃあ頼む」

携帯の存在を忘れていた。携帯いじっているより、クー太たちと戯れるほうが楽しいからな。

「中野さん……本当ありがとうございました」

「ありがとう……ございましたっ」

「ありがとう。感謝しているわ。何か私に手伝えることがあればいつでも言いに来てちょうだい」

三人が改まって深々と頭を下げてくるが。なんか居心地悪いな。

「こほん。気にしないでくれ。とはいえ……何かあれば頼むかもな。じゃあ三人とも気をつけて。それとクー太たちのことは内緒で頼む」

「もちろんです！」

「はい……。もちろんです」

「約束するわ」

「ありがとうな。じゃあ俺は行くよ」

そう言って踵を返す。

もう会わないかもしれないが特に未練はない。悪い子たちではなかったがこの先も面倒を見られるかと聞かれたら見られないと答えるだろう。さすがに半日ともにしただけの人間に情はあまり湧かないしな。クー太たちとは違う。

彼女たちが俺との行動がきっかけで今後強くなればパーティを組んでもいいかもしれないが。いや、それでも俺が許容できるのはメイくらいだろう。ほかのふたりとはともに行動することすら正直想像できないし。

さて……どうしたもんかな。

こんな状態じゃあ交通機関は動いてないだろうし……。まあ……いちおう見に行ってみるか？あまり期待はしないでおこう。レンタカーとか借りられるならばいいが、店自体やってなさそうだよな。

とりあえず、ここへ来る途中に見かけたコンビニに向かう。クー太が菓子パン欲しがっていたし。コンビニはやはり無人だった。欲しいものを籠に入れて、その分の代金をレジ付近に置いておく。菓子パンをクー太とランにあげ、ついでに深めの紙皿にミネラルウォーターを入れて置いてやる。クー太たちは菓子パンに夢中で、クロは水をチロチロと舌を出して飲んでいる。クレナイと同じ飲み方だが、やはりそれでちゃんと飲めているのか不思議だ。

アキにはミックスナッツを出してみた。さすがにコレは食べないかなー、なんて思っていたら。

『ご主人！　ちょっとしょっぱいですし硬さが足りませんがなかなかいけるのです！　あ！　水で

洗ってからのほうが美味しいのです！』

なんて言いながらナッツを頬張っていた。お気に召したならよかった。

さて両親に連絡しておくか。電話が繋がるうちに連絡しておこう。

電話帳から探すのも面倒なので番号を直接打っていく。

コール音が………鳴らない。「電波の届かないところにあるか電源が切れているか」という機械音声が流れる。あれ？　なんでだ？

両親から来たメッセージ画面を開く。

うわ。

連絡が来た時間が「08：58」になっていた。これ、もしかしなくても変革の起こる直前のものか？

「元気にしているか、大丈夫か」そんな内容のメッセージだったせいで、変革されたあとに届いたメッセージだと勘違いしていた。

大丈夫だとは思うがやはり心配だな。ここから両親の家まで電車なら二時間ほどだが……徒歩だと何時間かかるやら……。

だが、様子を見に行ったほうがいいだろう。問題はハクたちのところに何日も戻れそうにないことだな……。どうしたもんか。

いちおう近くのレンタカー店を調べ、電話をするがコール音が鳴り続けるだけであった。

一度、自分の家に帰って車を取ってくるか？　ここからなら歩いて五、六時間もあれば着くはずだし……レベルが上がった今なら走り続けても問題なさそうだし。

よし。そうと決めたら一回、自分の家に帰ろう。

「クー太、ラン、アキ」

『なにー？』

『どうしたの？』

『どうしたのです？』

鞄の淵から三匹がこちらを見上げる。

「俺の家へ帰ろうと思う。走ったりしても大丈夫か？　鞄揺れるだろう？」

車酔いならぬ、鞄酔いしないか？　と思って聞いてみた。

『外出ていーのー？　そしたらボクも走るー』

『そうね。鞄の中より外のほうがいいかしら』

クー太もランも外に出たかったのか？

「もちろん構わないぞ。アキはどうする？」

『わたしは揺れても寝れるのです！』

そうか……。アキはよく寝れるな。

……まあ、いいか。

「いちおう人がいるところでは隠れてくれ。というか人の匂いを感じ取ったら隠れてくれるか？」

『わかったー』

『わかったわ』

捕まったりすることはないと思うが、絡まれても面倒だし。

「ラックとクロは、俺が走ってもそのままで大丈夫か？」

チクッという反応がひとつ。大丈夫なんだな。
『大丈夫。影の中なら走っても何も変わらない』
クロは影から顔だけ出して報告してくれる。ならよかった。
じゃあ行きますかね。
ピンポーン
ん……？　チャイム音？

《世界が変革して二十四時間が経ちました》

え？　時間を確認すると九時を回ったところだった。

なんでアナウンス？　てか俺のアナウンスって進化のとき以外停止していなかったか？

《やあ。人類諸君。聞こえているかい？

僕が世界を変革してから二十四時間経ったよ。魔物が現れ、スキルが発現し、魔法が使えるようになった世界はどうかな？》

それは突然聞こえてきた。レベルアップのアナウンスのように。

けれどそれとは違う無機質ではない声が。

《突然魔物やステータスが出て戸惑う者、活発になる者、順応する者、そもそも気づかない者。いろいろな反応が見られて面白かったよ。

ああ。自己紹介を忘れていた。僕のことは神とでも邪神とでも呼んでね。

幾星霜(いくせいそう)と不干渉を貫き君たちを見守っていた神が消滅して、代替わりとして僕が生み出されたんだ。そしてこの変革は僕なりの君たちへのプレゼントだ》

《人間の文化は面白いし、どんどん新しいものができて素晴らしいと思う。ただ、前神から記憶を引き継ぎ、君ら人類を観察した結果、僕なりに思うところがあってね。変革することにしたんだ。

変革された世界は魔物や悪魔、神話生物や妖怪、魔法や超能力。そういった、人間にとって想像上だったものが現実として現れるように世界を変えてみた。

この先、人類がまた世界を席巻するか。魔物が人類を蹂躙(じゅうりん)するか。

それとも、こんな世界になってもまた人類同士で争うのか。

僕にもわからないし、予想もつかない。

そんな世界に変えてみた》

《わりと適当に変革したせいで人類が結構死んでしまったし、力関係だとかバランスとか気にしないで作ったから混沌とした世界になるだろうね。

そしてさっきまでの二十四時間はお試し期間。これから日が経つごとに既存の動物はどんどん強くなるし、未知のモンスターと呼ぶべき生物もたくさん現れるからね》

《あ、そうそう。魔物を倒すとレベルが上がるのは知っているかな？　魔物を倒すとその魔物が死んだときに霧散する魔素を吸収し、経験値という形で蓄積されるんだけどね。

調整を適当にしたせいで、急激に魔素を吸収しすぎて死んでしまう人類が結構いたんだ。この点は調整させてもらったよ。だから今までよりレベルが上がりにくいかもしれないけど頑張って。ステータスも少し変えてみたから是非活用してほしい》

《さて、これは日和見になっている人間たちへの忠告だ。僕は力を使いすぎて、元に戻すのもまた変革するにも何百年先になるかわからない。まあ戻す気もないけどね。だから元の世界に戻ることは期待しないほうがいいよ？

だから頑張ってこの世界で生きてね》

《そして……すべての人間へ。

この混沌なる世界で、僕も君たちも楽しめることを願っているよ》

「………………」

声が途絶えた。

『ご主人さまどうしたのー？』

「クー太には聞こえなかったのか?」

『なにがー?』

「いや、なんでもない」

聞こえなかったようだ。

人類諸君と言っていたし、人間に向けた言葉なのだろう。

まあ世界をこんな風にした存在がいてもおかしくはない。それが神でも邪神でもいい。

今の声が言っていたことで大事なのは三つだ。

ひとつ。元の世界には戻らない。

ふたつ。魔物が今より強くなり、たくさん現れる。

三つ。レベルアップとステータスの仕様が変わった。

酷いようだが、正直クー太たちと話せなくなるのも嫌だから、元の世界に戻らなくても構わない。

魔物が強くなるのも、まあ問題ないだろう。お試し期間と言っていたがその間に目一杯レベル上げはしたんだ。これで対抗できなきゃどうしようもない。レベルが上がりにくくなるのは納得しがたいが……まあ死ぬよりはいいか。

あらためて、今いるメンツのステータスをきちんと確認しておくか。

個体名【中野 誠】

種族【普人】
職業【テイマーLv6（使役上限数∞）】
性別【男】
状態【】
Lv【27】3UP
・基礎スキル：【拳術Lv5】【防御術Lv2】【速読Lv2】【造形Lv2】【料理Lv2】
【毒耐性（中）Lv3】【精神耐性（大）Lv2】【回避術Lv3】
【テイムLv6】UP【蹴術Lv3】【夜目Lv1】
・種族スキル：【無特化】
・特殊スキル：【ステータス鑑定】【ボーナス（特）】【テイム（特）】
・称号：【適応した者】【魔物に好かれる者】【魔物を屠る者】
○パーティメンバー：0人（0／5）
○使役魔獣：9匹（9／∞）

個体名【クー太】
種族【妖狸（三尾）（亜成体）】
性別【オス】
状態【】
Lv【12】2UP

・基礎スキル：【噛みつきLv6】【体当たりLv3】【気配察知Lv5】【加速Lv3】
【風刃Lv1】【隠密Lv2】UP
・種族スキル：【変化】【風纏】
・特殊スキル：【制限解除】
・称号：【進化・使役魔獣】

個体名【ラン】
種族【妖狸（三尾）（亜成体）】
性別【メス】
状態【】
Lv【4】3UP
・基礎スキル：【噛みつきLv5】【体当たりLv2】【気配察知Lv5】UP【隠密Lv2】UP
【風球Lv1】
・種族スキル：【変化】【風纏】
・特殊スキル：【制限解除】
・称号：【進化・使役魔獣】

個体名【アキ】
種族【巨大森栗鼠】

性別【メス】
状態【】
Lv【2】
・基礎スキル：【噛みつきLv3】【回避Lv4】【投擲Lv2】【挑発Lv2】
・種族スキル：【縮小】
・特殊スキル：【制限解除】
・称号：【進化・使役魔獣】

個体名【クロ】
種族【大黒毒蛇】
性別【メス】
状態【】
Lv【1】
・基礎スキル：【噛みつきLv4】【隠密Lv6】UP【気配察知Lv4】
・種族スキル：【影潜】【猛毒】
・特殊スキル：【制限解除】
・称号：【進化・使役魔獣】

個体名【ラック】

種族【糸蜘蛛】
性別【メス】
状態【】
Ｌｖ【７】４ＵＰ
・基礎スキル：【噛みつきＬｖ１】【隠密Ｌｖ３】ＵＰ　【鋼糸Ｌｖ１】
・種族スキル：【操糸】
・特殊スキル：【制限解除】
・称号：【進化・使役魔獣】

俺のステータスにはパーティメンバーと使役魔獣という項目が追加されていた。

メンバーの人数が書かれるようになっただけだけどな。にしても（０／５）ってことは五人までパーティを組めるんだな。

俺には必要のない機能だが。

クー太たちには特に変化はなさそうだ。

よし。確認終わり！　特に支障はなさそうだ。

「待たせてごめんな。行こうか」

『わかったー。ご主人さまのおうちー！』

『楽しみね』

『ご主人の家には美味しいものあるです？』

『ついていく』

チクッ。

「別に楽しいことなんてないぞ？　あと美味しいものはない」

『残念なのです』

「ほら行くぞ。んじゃ走るからな。アキは鞄から出ないいんだっけか？　気持ち悪くなったら自分で走れよー」

俺は家に向かって移動を始める。

そして邪神の言う、〝混沌の世界〟へ一歩を踏み出した。

キャラクターデザイン公開 Tame.01

『ファンタジー化した世界でテイマーやってます！～狸が優秀です～』
で活躍するキャラクターのデザインラフ画を特別公開！

Illustration：珀石碧

中野 誠

お酒好きな会社員。人間相手には無愛想だが、動物には優しい。

クー太

オス。中野が最初にテイムした魔狸。言動が可愛い。

ラン

メス。中野が二番目にテイムした魔狸。しっかり者。

齋藤メイ
ミミと登山に来たところで変革に巻き込まれた女子大生。もふもふ好き。
森田ミミ
メイの友人。おとなしい性格の女子大生。もふもふ好き。

あとがき

手に取って開いてくださってありがとうございます！

本当に感謝感激であります。

さて、書籍化するにあたってなにが一番嬉しいのか聞かれたらキャラに絵がつくことですね！

残念ながら、作者が絵を描いても見苦しいものしかできないので（泣）。

もちろん書籍化自体も嬉しいですよ！

珀石碧先生。可愛い絵を描いてくださって本当にありがとうございます！　嬉しいです！


あとがきを書くように言われ、書き始めようとしたのはいいですが、なにも思い浮かばず。

はじめに思ったのがこの場を借りて感謝を文字に起こそうということで、筆を執った次第です。

『ファンタジー化した世界でテイマーやってます！〜狸が優秀です〜』を手に取ってくださった方、購入してくださった方、ここまで読んでくださった方、書籍化に至るまで「小説家になろう」のほうで応援してくださった方、ここまで面倒を見てくれた編集の方や出版社の方、そして珀石碧先生へ。本当にありがとうございます。

ただただ、好き勝手に書いてきただけで、書籍化できたのも皆様のおかげであると、しみじみ思います。これで次に続いていければ最高ですね。

『ファンタジー化した世界でテイマーやってます！〜狸が優秀です〜』の内容や書き始めた背景や

【あとがき】


経緯でも書ければいいのですが、言葉にできるほど特筆したものや想いがないもので困っています。

こういった作品になった理由は、動物が好きってことや、うちのペットと会話できればなーと思っていたことから、くらいでしょうか？

あ、作者の名前通り、お酒も好きです。好きなものであるお酒と動物を出して書いたつもりが、お酒を飲んでる描写はそこまで書けていませんが。

まあ崩壊した地球という世界観のため、主人公が自作できないようなお酒を飲む描写はそうそう書けませんが。というか世界が崩壊したらそんな余裕はありませんね。現実逃避のために飲むことはあるかもしれませんが主人公の性格的にそれはありませんし、追々書けたらいいなといったところです。


たいして面白くもないあとがきですが、最後に改めて抱負と感謝を。

今後もどんどん色んな動物や魔物を出したいと思っています！　まあ作者的に海にいる哺乳類のほうが陸にいる動物よりも好きですが、それは登場する機会は当分なさそうですね（悲）。

といっても狸はもちろん好きです。犬も猫ももちろん好きです。

嫌いな動物？　いないと思います！

それでは、皆様本当にありがとうございます！　これからもよろしくお願いいたします。

酒森

ファンタジー化した世界でテイマーやってます！
～狸が優秀です～

2021年11月24日 初版発行

【著　　者】酒森

【イラスト】珀石碧
【編集】株式会社 桜雲社／新紀元社編集部
【デザイン・DTP】株式会社明昌堂

【発行者】福本皇祐
【発行所】株式会社新紀元社
〒101-0054　東京都千代田区神田錦町1-7　錦町一丁目ビル2F
TEL 03-3219-0921 ／ FAX 03-3219-0922
http://www.shinkigensha.co.jp/
郵便振替　00110-4-27618

【印刷・製本】株式会社リーブルテック

ISBN978-4-7753-1959-8

※本書は、「小説家になろう」（http://syosetu.com/）に掲載されていたものを、
改稿のうえ書籍化したものです。